小学館文庫

小春日の雪女
旗本絵師描留め帳

小笠原 京

JN285567

小学館文庫

目次

膳を貸す河童

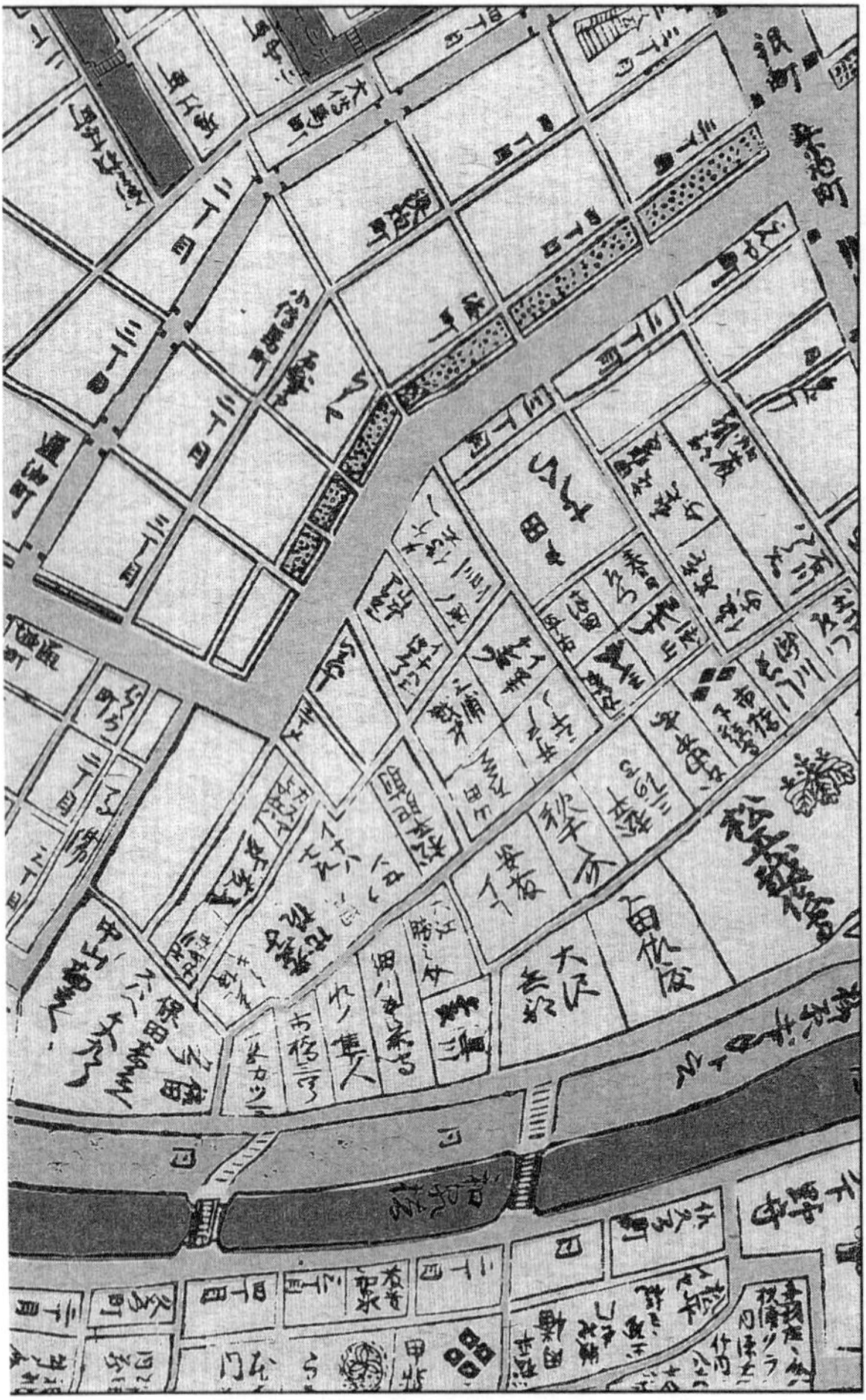

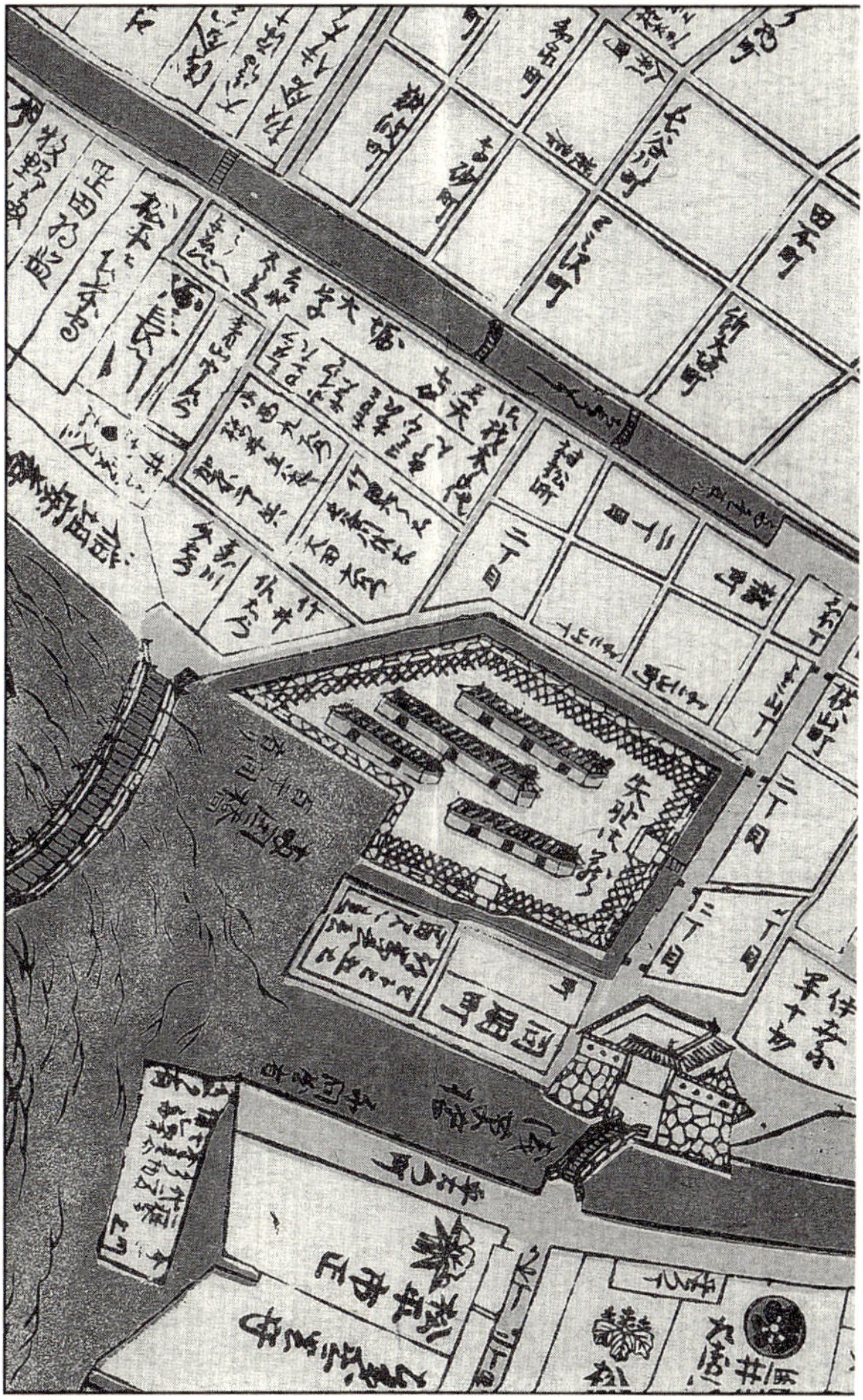

一

江戸中が、天から薄絹をかぶせられたようにもったりとけぶっている。

藤村新三郎《ふじむらしんざぶろう》は、あまりの蒸し暑さに、川風にでも吹かれれば少しはなんとかなるかと、長谷川町《はせがわちょう》の家を出た。

浅草橋御門から柳原土手に上る。伸びるだけ伸びた木々が、萌黄《もえぎ》にあやまって墨を一滴落したような色にくすみかえって、見ているとますます気が滅入ってくる。せっかく歩いてきたのに意地悪く風がぴたりと止まって、湿り気だけが肌にまといつく。下り舟も、水かさは増しているのにのろのろとだるそうである。

仕方がない、いつもの蕎麦切り屋で冷やでもやるかときびすを返すと、向うから島田の前髪を白絹で包んだ女が、所在なさそうに歩いてきた。千草色の地に、木賊《とくさ》色と浅黄《あさぎ》色の横縞の単衣《ひとえ》、山吹色の細帯、楽な暮らしの女房には見えないが、くっきりした若衆顔なのに、妙にそそる色気がある。

土手道だが駕籠も行き違えるほどだから、女も譲ることもなくすれ違った。靄をかぶって歩いて行く後ろ姿をしばらく見送り、浅草橋から矢のお蔵の脇を通って、村松町の蕎麦切り屋に入る。このごろでは、黙っていてもおかみがまず冷や酒と蕎麦味噌を出してくる。村松町にはよい井戸があると聞いて店を開いたというだけあって、蕎麦切りの腰が強く、酒もきりりと冷えている。一口含むと、頭の芯まで入り込んでいた温気《うんき》が、少しは晴れたようである。

新三郎は、いつも持ち歩いている描留め帳を懐から取り出し、いま出会った女の顔を描き始めた。蕎麦切りを運んできたおかみがちょっとのぞき込んで、美《い》い女ですねえ、どっかで見たような気がするけど、と言う。柳原土手ですれ違ったから、この店にも来たんだろうよと筆を措《お》いて、蕎麦切りにかかる。

まったくひでえ天気だ、腹ん中に黴《かび》が生えたと大声でしゃべり散らしながら、職人が三人入ってきた。腹の黴は酒で消すに限ると口々に冷や酒を注文して腰を下ろす。

一人が急に声をひそめ、それでお前《め》え、やつはとうとう帰ってこねえのかと言う。なにせ相手は化けもんだ、やっぱりやられちまったんじゃねえかと、親方も心配しているんだ、といま一人が言う。だから止《や》めにしておけと、あんなに言ったにと、先に口を利いたのが首をすくめ、入ってきたときの勢いはどこへやら、三人ともしんとして冷や酒をあおり始めた。

仲間が肝試《きもだめ》しにでも出かけたきり、帰ってこないのかもしれない。つい、どんな化け物だと聞きたくなったが、刀をさしたなりで、見ず知らずの職人の仲間話に首を突っ込むのはいくらなんでも物好きに過ぎる。あきらめて外に出ると、相変わらず身体中が温気に押し包まれるような蒸し暑さである。冷や酒がかえって火照《ほて》りを増したようで我慢がならない。この天気で、職人が仕事がなければ、肝試しにでも出掛けたくなるだろう。

庭木戸から入ると、

「六兵衛《ろくべえ》さんが来て、しばらく待ってたけど、出直してくるって、いまさっき帰りましたよ」と小僧の四郎吉《しろきち》が言う。

「この天気に、出直してくることはねえのさ」

座敷に上がるなり畳にひっくり返った。

「けど、もう半月も組物を渡してないんですからね。おいらの働きだけじゃあどうにもなりませんよ」

「お前さんの手間賃当てにしておまんまいただくほどには落ちぶれてはねえつもりだから、案じるこたあねえ」

「そんならたまには家にいて仕事をして下さい」

かりにも師匠に向かってなんて言い草だ、とは言ったが、半分はもっともなので、あまり威勢が出ない。

藤村新三郎は、四谷《よつや》塩町に屋敷のある千三百石取りの旗本、御使番《おつかいばん》を勤める藤村新左衛門の三男、幼少のころから手裏剣に秀で、神童と謳われたのだが、なぜか武士を嫌い、降るほどあった養子の口を端から断って、すさびの絵筆の道に入ってしまった。浮世絵を編み出して売れに売れている菱川師宣に弟子入りしたところ、たちまちに師匠を越えるとの評判が立ち、ぜひに一本立ちをと、あちこちの地本屋から声がかかったのだが、これまた面倒くせえと、いまだに師宣の下絵師に甘んじている。どういうわけか地本屋では山形屋の仕事しか受けず、それも三番番頭の六兵衛だけを出入りさせているというので、六兵衛は、ほうぼうの同業から恨まれっ放しだそうである。

三、四年前、とうとう屋敷を出て、この長谷川町の借家で、めっぽう口は悪いがしんから新三郎になついている小僧の四郎吉と二人の気まま暮らしを始めたのはいいのだが、新三郎はどういうものか生まれついての物好きで、身のまわりに変わったことが起こると絵筆を投げ出して首を突っ込む癖があり、下絵師にとって一番の手間賃になる、枕物の組物の下絵を取りに来る六兵衛は、毎度往生する。ところがその六兵衛がまた、江戸中の噂話に通じていないと飯が喉に落ちていかないというのだから、どっちもどっち、そんなところが新三郎の気に入っているのかもしれない。

言うだけ言うと、小僧は六兵衛のおいていった「玉藻前後日所縁《たまものまえごにちのゆかり》」の浄瑠璃本の色付けにかかった。新三郎は一向に画室に入るでもなく、ひっくり返ったまま描留め帳を顔の上にかざして、さっき柳原土手で出会った女の姿絵を眺めていたが、じき放り出して、うとうとし始めた。四郎吉がときどき画室からこっちのようすをうかがっている。

　表口で聞き慣れた声がした。小僧が出るまでもなく、六兵衛が座敷に押し入ってくる。

「お戻りでしたか、組物の思案はおつきなんでしょうね」

　遠慮なく新三郎の枕もとに座り込む。

「このくそ天気に、いい思案の湧くやつがあるっていうなら、そいつに頼んだらいいさ。おれのことなら斟酌《しんしゃく》はいらねえ」

「冗談おっしゃっちゃいけません。旦那の代わりがあるんなら、この六兵衛、とうに山形屋からお暇いただいて、その絵師を看板に店を持っていますよ」

　投げ出してあった描留め帳を取り上げ、

「これはまた一風変わった男顔の美い女だ。ちっと気張った口の結びようなんかが、そそるでしょうよ。いい趣向の組物になりますねえ」と手前勝手な勘違いをしている。

「お前さんの地獄耳に、ちかごろ化け物退治に出掛けていった職人が、とっ摑まって帰ってこねえって話は引っかかってこねえか」

　新三郎が言うと、とたんに六兵衛はほたほた顔になった。

「このところの天気のせいか、まるでうまい話がないもんで、耳が腹減らしてましてね。ちょいと待って下さましよ。半時《はんとき》のうちには仕入れてきます」

言うなり出ていってしまった。

「まず、世の中には物好きがいるものさ」

新三郎は苦笑いして画室に入ると、筆を取り上げた。六兵衛の言葉に釣られて若衆顔の女の色模様を思いついたらしい。

二

少し涼しくなったと思ったら、いつの間にかしとしとと降り出している。

半時《はんとき》といったのに、一ッ時あまり経ったが六兵衛は戻ってこない。新三郎にしても退屈しのぎに言ったまでだから、忘れるともなく忘れて若衆顔の女の色模様に気を入れていた。

一筋向うの路地裏の長屋から、朝夕の膳の支度に通ってくるおしまばあさんが、茗荷を刻んでいるところへ、御本手縞《ごほんてじま》のお仕着せをじっとりと濡らした六兵衛が、台所口へ駆け込んだ。ばあさんにすすぎを取ってもらい、とりあえず手拭で肩裾をたたいて、なんとか座敷に上がってきたが、濡れた着物同様しょぼくれている。

「化け物にやられたか」

「いえ、その、そこまでいかないうちに……」と威勢が上がらない。

「職人に向かって利いた風なことを言って噛みつかれたな」

「ま、そんなことで。お前行って退治してみろって――」

　新三郎は笑った。

「どこだ、その化け物が出るってのは」

「それが矢のお蔵の堀だっていうんで」

「なんだ、つい膝元じゃないか。だが並みの化け物にゃ近寄れねえところだ。いったいどんなやつが出る。時節柄、唐傘か」

「いえ、河童《かっぱ》だそうで」

　このところ、矢のお蔵の堀に河童が出て、通りかかりの憶病者の尻小玉《しりこだま》を抜くという噂が畳職や大工職の間に拡がっていたのだそうである。腕自慢が何人か出掛けていったが、おおかたは出会えなかったのに、四、五日前に行った平右衛門町の畳職が、明け方まで帰ってこないので仲間が見に行くと、堀に浮いていたのだという。

「河童は葛西《かさい》と相場が決まってるってのに、矢のお蔵の堀に棲みつくとは、またたいそう大胆だな。やっぱり尻小玉を抜いたのか」

「そこまでは知りませんが、髻《もとどり》切られて、まるで当人が河童のような姿で浮かんでいたそうで」

「そいつはまた性悪《しょうわる》な河童だ」

「それを聞いた小伝馬町《こでんまちょう》の大工の粂吉ってのが、よしゃあいいのにおとついの晩出ていったきりになったから、騒ぎが大きくなって――」

「帰ってこねえってのはその男だったのか。なに、おれが代わりに退治してやるから、安心して寝て待て」

六兵衛は、がっかりしたのかうれしいのかわからない顔つきで、下絵のことはまるで忘れたように帰っていった。

小僧がうしろで、とうとうまた物好きが始まった、と言っている。

「六兵衛の身代わりだ、文句のあろうはずはねえ。おまけに下絵も二枚描き上げたから、大威張りだ」と、ばあさんの用意した膳に向かった。

雨空でも日の長い時分だから、ばあさんが膳を片付けて帰って行ったあとも、なかなか暮れ切った気分にならない。新三郎は、大刀だけを落し差しに、縁から庭先に出た。化け物好きの四郎吉が、ほんとに河童退治に行くんですかと、うらやましそうに縁先まで追ってくる。

蕎麦切り屋のある村松町をまっすぐに抜けると、正面に矢のお蔵の高い塀が迫る。公儀の武器庫だから、なんとも厳重な囲い方で、四棟ある蔵を広い堀が取り囲んでいる。公儀も洒落《しゃれ》たことをするもので、敷地全体が矢羽根の形になっているそうである。

新三郎は、堀の中を覗き込んだ。吉原のお歯黒溝《はぐろどぶ》よりもずっと幅広で、黒っぽくゆらゆらと水が揺れている。舟が入れるように、矢羽根のくぼみにあたるところは大川に向かって切り込まれている。その先は江戸の浦だから、堀の水には海水がまじっているはずだ。潮水に棲む河童というのもめずらしい。お蔵の四方を囲む堀のどのあたりに出るのか聞きはぐったが、化け物なら人通りのないところがご定法《じょうほう》だろうと、横山町に向かって堀沿いにぶらぶらと歩く。

たしかに肝試《きもだめ》しにはよさそうだが、この天気で暮れ六つ過ぎれば、こんなところをぶらつく物好きもそうはいないだろう。新三郎は二丁目の角にかかった。

と、横合いから突然に太刀風がさした。

並みの腕なら気合いを発して抜き合わせるところを、新三郎は懐手のまま歩みも止めず通りすぎた。本気で斬りかかるつもりはないとみたのだ。

だが向こうは、新三郎のその態度が気に入らなかったらしく、二の太刀を送ろうとする。

「止《や》めておけ、悪戯《わる》さなら怪我のないうちに手を引くんだな。無駄な人死《ひとじ》に出すと、後生のよくないことになる」

言いながら油町に入る角を切れた。背後で身を翻す気配とともに、沈香《じんこう》に似た香りが漂ってきた。

――ふうむ。香たきしめて辻斬りとは、また結構な御身分さね。

つぶやいて、そのまま長谷川町の家に戻る。

　飛び出してきた小僧が、

「出ましたか、河童は」と目を輝やかせる。

「河童は出なかったが辻斬りが出た」

　小僧はいっそう嬉しそうな顔付きになった。

「じゃ親方、辻斬り退治したんですね」

「馬鹿あ言え、辻斬りは人間だ。そう簡単に退治できるか。もっとも辻斬りなんてする奴は、人間にしちゃちっと化け物じみてはいるがな」

　よっぽど落胆したと見え、小僧は物もいわず台所脇の自分の寝間に入って行ってしまった。

　翌朝、裏庭の八つ手にはたはたと当たる雨音で目が覚めた。おしまばあさんが台所で、こりゃもう梅雨だねえと言いながら青菜を刻んでいる。降り出したおかげで、昨日より少しは涼しい。ばあさんおきまりの青菜と豆腐の味噌汁、隠元の煮付けの朝飯を食べ終わらないうちに、六兵衛がやってきた。

「河童は出ねえで辻斬りが出た」

　新三郎が先手を打つと、

「そ、それはまた……。で、退治なさいましたか」

小僧と同じことを言う。

「河童なら見世物にでもして儲けるが、辻斬りを退治しても銭にならねえ。逃げてきたさ」

「ひょっと粂吉って男は、その辻斬りにやられちまったんでしょうか」

「だったらそのあたりに死骸が転がっているだろうさ。辻斬りってのは、手前《めえ》の腕前見せびらかしたいのが嵩《こう》じてなった病《やまい》だ、ずっぱりやった斬り口見せるために、死骸をその辺《あた》りに転がしておくそうだからな」

「それじゃいったい、だれにやられたんでしょうかねえ」

六兵衛は、身内がいなくなったようなむずかしい顔で首をひねる。

「お前さん、浮いていたっていう畳職を見たやつからじかに話を聞いたのかね」

「いいえ、平右衛門町の畳職ってだけで、どこのだれってことも聞きませんでしたっけが」

「金遣いの荒いのもいる職人のこった、なんかわけがあって、身を隠すのに書いた筋書ってこともあるだろうさ」

「そうおっしゃれば、そんなこともあるでしょうがねえ」

六兵衛はそれでふと思いついたという顔で、

「河童屋って軒店《のきみせ》の話はご存じで」と聞く。

「矢のお蔵の河童が、胡瓜でも売るのかね」

「いえいえ、こっちのほうはどっからみても人間で、膳椀を貸す商《あきな》いだそうで」

「なるほど、それで河童屋か」

「わたしは江戸の生まれだからとんと知りませんでしたが、河童ってのは、膳椀を貸してくれるんだそうですねえ」と六兵衛は感じ入っている。

諸国に椀貸し淵と呼ばれている淵瀬があって、人寄せするのに膳椀が足りず困っている者があると、河童が淵に浮かべて貸してくれるが、返す期日に遅れたり、数が欠けていたりするとひどい目に遭うという伝えがあるそうだ。

和泉橋のそばにあるという河童屋は、損料は気持ち次第で、三十組までなら見事な膳椀を貸すのだという。注文があると、必要な日の前の夜に長持に入れて、軒下に置いて行く。返すときもその長持に入れておけばいいからまったくに世話なしなのだが、返し方が悪いと、言い伝え通り、必ず借りた家に妙なことが起こるのだそうだ。それで借り手がなくなるかというとそこがお江戸、なにが起こるかと、寄合もないのに借りる物好きまで出て、いま江戸中の話の種なのだそうである。

「妙なことってなにが起こるんだ」

「屋敷稲荷《いなり》の祭の人寄せに借りた家で、お稲荷さまに上げた分をうっかり返し忘れていたら、膳の上に大きな蛇が乗っかっていたんで、小女《こおんな》が気を失ったそうで」

「居着いている蛇が供え物食いに出ただけだろうが」

「でも、祖母《ばあ》さんの一周忌弔《むかわりとむら》いに借りた椀を一つ、小僧が踏んづけて欠いたのをそのまま返したら、当の小僧が河岸端で転んで堀ん中に落っこちたっていう家もあるんだそうで」

「そりゃまたたいそうなこった。そのうち赤児が泣いても、膳を返さなかった報いになるぞ。店は女主《あるじ》か」

「店番してるのは機嫌の悪い浪人風の男だそうですが、運がいいと目のつぶれるような美《い》い女が受け取りに来るそうで」

新三郎は笑った。

「お江戸にも商い上手が出るようになったもんさ。おおかた上方下りの河童だろうよ」

六兵衛は、そうかもしれませんねえ、というと、下絵の催促を忘れて帰って行った。

三

翌朝、まだばあさんの豆腐汁も煮立たないうちに、六兵衛が駆け込んで来た。

「旦那、ほ、ほんとに河童ってのは、いるんでしょうか」と蒼い顔で言う。

「大川からこっちには出たって聞いたのはこんどが初めてだ。またたれかが膳を返さないで、堀へ落ちたのか」

「そ、それが、お店《たな》の坊がいなくなったんで……」

「なんだと」

さすがに新三郎もびっくりした。

大店《おおだな》の坊にしては大出来だと六兵衛が自慢していた跡取りの又重郎が、父親が起きてきても挨拶に出ないので、熱でも出したかと小女《こおんな》を見に行かせたところ、布団がもぬけの殻だと飛んできた。そこへ表の掃除にかかろうとした小僧が、膳の代わりに息子を預かると書いた札が、軒先に下がっていたと鷲掴みにして入ってきたから大騒ぎになった。

だが、河童屋から膳を借りたおぼえなど店中のだれにもない。山形屋といえば、鱗《うろこ》形屋《がたや》と並ぶ江戸切っての地本屋である。十や二十の膳椀に不自由するはずもない。さっそくに手代を河童屋へやったが、向うも山形屋に貸したことはないから知らぬとばかりで、取りつくしまがない。

話し終えて六兵衛は大息をついた。

「主《あるじ》が、しばらくは騒ぎ立てるなと店うちに口止めした上で、新三郎さまにぜひにお知恵をと……」

「いくつになった、又重郎は」

ってますし」

「五つになりで」

「家うちに取り込みはないだろうな」

六兵衛は、滅相もないと、手を振って、

「ご承知の通りのよくできた旦那ですから、奉公人に心得違いは決してありません。三人女のお子が続いたあと、やっと坊ができたときはたいそうな騒ぎでしたが、跡取りだからって甘やかしては家のためにもならないと、そりゃもうきびしくお躾《しつ》けになってますし」

新三郎は、どっかから投げ文が来るかもしれない、しっかり見張っていろと六兵衛を帰し、縁から下りて庭木戸を出る。背中で四郎吉が、朝のご飯が、とわめいている。

いい案配《あんばい》に雨は上がったようである。

芝居町の堺町《さかい》の木戸前から六間町《ろっけん》へ出て、佐野源に入る。

佐野屋源助は、藤村の家の知行地下野《しもつけ》佐野から出てきた、このあたり一帯に顔の広い口入屋の親分だが、新三郎にいたく入れ込み、どんな無理でも二つ返事で聞こうという、頼もしい男である。店の立て込む時分だから、源助を門口まで呼び出して耳打ちする。承知いたしましたと言うのを聞いて、浅草橋御門へ足を向けた。

水たまりを避けながら柳原土手を歩いて、和泉橋を渡る。今日は雨上がりの川風が心地よい。向うから来た手代風の男に河童屋と尋ねると、すぐそこの伊勢屋の軒店《のきみせ》で、と指さす。

なるほど間口一間の軒店の庇《ひさし》に、膳椀貸します、と雨風で墨が薄れかかった木札が揺れていた。膳の漆の匂いか、つんとする香りが漂ってくる。覗き込むと、火のない火鉢を抱いて長持に凭《もた》れ、目を閉じていた浪人体《てい》の男が目を明け、借りるかね、と六兵衛の言った通りひどく機嫌の悪そうな声音で言う。

「今夜の間に合うか」

「何客だ」

「見ての通りの冷飯食いでな、たったの七客の膳の工面がつかねえ」

「どこへ持って行けばいい」

「長谷川町で絵師の藤村と聞いてくれ」

男はうなずくと、それきりまた長持に背を持たせてそっぽを向いてしまった。

「損料を聞いていないぞ」

「気に入ったら、そっちでいいと思うだけ払えばよい」

振り向きもせずに言う。

「ふむ。気に入らなかったら払わないでも、仇《あだ》はしないか」

「仇ってなんだ」

「返さないと代わりに息子をさらうとかだ」

「そんなことしてなんになる。飯を食わせるだけ面倒だ」

新三郎は、まったくだ、と店先を離れた。

飯といえば、ばあさんの豆腐汁を袖にして出てきたままだから、腹が減っている。また佐野源に戻って、飯を食わせろといきなり言う。これは気の届かないことでと大あわてで、とりあえずもずく汁に鮒の煮びたしが運ばれた。お出かけ前におっしゃって下さればと申しわけながる源助に、ばあさんの豆腐汁をのがれりゃそれでいいのさと、あとから出てきた煮梅に白瓜の香の物で飯を替え、一落ち着きしたところで源助が、急なことなんで近間だけですが、と、膳貸し屋の仇の話を始めた。

六兵衛の持ち込んだ蛇騒ぎや小僧の災難のほかに、京橋南三丁目の薬屋池長安のところで、初孫の祝いに借りた膳の一客が、どうしたはずみか戸棚に紛れ込んでいて返し忘れたら、店の看板の胴人形が、首を切られて軒から逆さに吊られていたという。

新三郎は顔をしかめた。

「胴人形ってのは、身体中の血脈や臓物を描いて薬種《やくしゅ》屋の店先に立ってるやつだな。おれはあいつが大の苦手さ」

それが首がなくなって逆さまにぶる下がってたっていうんですから、女子どもが気味悪がって、腹痛《い》た薬で名を売った池長安が、このところばったりだってことでと、源助も渋い顔になった。

「河童屋には掛け合ったのか」

「忘れた膳を返しに行って、恐る恐る聞いてみたら、屋号が河童屋だといって、祟りまでは貸さないと言ったそうで」

「長安の商売敵《がたき》はどこだ」

源助はちょっと考えていたが、

「場所柄からいえば、尾張町一丁目の本服散《ほんぶくさん》の虎屋でしょうか」

「そんな老舗《しにせ》が、いまさら餓鬼の悪戯《わる》さ同然のことをしても始まらねえな。ところでさらわれた坊のほうはどうだ」

「野郎どもをあちこち飛ばしてますが、まだなにも引っかかってきません。山形屋さんではさぞご心配でしょう」

源助が顔を曇らせる。

「話は本物の河童だが、尻小玉を抜かれて矢のお蔵の堀に浮いていた畳職がいるってのは耳に入っているか」

「そんな近いところなら、だれかが聞いているかも知れません」

手を打って古株の重蔵を呼んだ。

「そういえば、佐竹さまのお中間《ちゅうげん》が、そんなことを言っていましたが、その手の話はこの時節になるとあちこちで聞きますから、あまり気にとめていませんでした」と重蔵が言う。

「なるほど河童は時節ものだ。寒空にふるえていたって話は聞いたことがねえ。どうで職人仲間がでっち上げた話だろうが、山奥なら知らず、お江戸の真ん中で河童が人を殺すようでは、お膝元の名にかかわる」

乾分《こぶん》の留吉が、ちょいときな臭い話がありやすがと言う。三四日前、河童屋で膳を借りた本町三丁目の萬《よろず》堂平右衛門のところの小女が、昼過ぎから見えなくなり、里へ人をやるやら近所を探しまわるやらの騒ぎになったが、翌朝ふらふらになって帰ってきた。どこへ行っていたかわからないというので、河童の神隠しと評判になっているのだそうだ。

「そこも返し忘れか」

「あれだけ繁盛している店なんだから、膳の十や二十に不自由するはずがねえと思うんでやすが、なぜか旦那が二十客借りにやったそうで。その日のうちに小女の騒動で、翌朝使いもせず耳をそろえて返しに行った手代が文句を言うと、神隠しってのは河童じゃなくて天狗と相場が決まっているって挨拶だったそうで」

「なるほど理屈だ。萬堂はなに商売だ」

「一年ばかり前に上方下りって触れ込みで本町に空き店を借り、萬病圓って薬を売り出して、あっという間に身上《しんしょう》こさえた薬屋です。のぼせの熱や食中《しょくあた》りの妙薬だってことで」と源助が答える。

「昨夜《ゆうべ》、矢のお蔵の堀端で辻斬りに出会った。まさかに河童が辻斬りはすまいから、こいつはまた別口だろうが、ともかくも和泉橋の河童屋の素姓を調べろ。店番の男は浪人だ、どこの藩でなぜ浪人したのか、美い《い》女が一緒にいるってことだが、女房かどうか、どんなことでもいい、一《い》ッ時《とき》も早くわかるだけ調べ上げろ。自分のところの軒店だ、伊勢屋が知ってるかも知れねえ」

　重蔵がすぐに立ち上がる。

「山形屋の坊の件に、河童屋がかかわっているかどうかわからねえが、それしか手がかりがねえ。まだ五つだ、可哀相に乳母の膝なしで半日ももたねえだろう。第一、二《ふ》た親《おや》がかなわねえ」

　まったくで、と源助がうなずく。

「河童に仇をされたという店のうち、つながりがあるのは、薬種屋ってことで池長安と萬堂だけだ。商い筋に取り込みごとがなかったか、萬堂ってのはどこの出で、どうして江戸へ下って店を開いたのかも聞き合わせろ」

　飲み込んで源助が出て行くと、

「おれも膳を借りたから今夜は振舞いをする。お前さんの腕を貸せ」と言って、あっけにとられている留吉を残し、佐野源を出た。

四

長谷川町に帰ると、四郎吉が、注文の品だって置いてきましたよと、台所の土間の長持を指す。

「もう来たか」

蓋をあけると、椀、平《ひら》、小鉢と、一通りの品が入っている。なるほど結構な朱塗で、椀や鉢には底に棕櫚《しゅろ》の紋が入れてある。河童の品にしては上等だと感心していると、

「親方、おかみさんを貰うんですか」

小僧が覗き込んで言う。

「突拍子もないことを言い出しやがったな。なぜだ」

「だってそんな立派なお膳、婚礼の振る舞いじゃないんですか」

「なるほどそういうわけか。なに、こいつは今夜、源助やお前さんと飯を食うために借りたのさ」

四郎吉は、親方の物好きにはついていけないと、画室に引っ込んでしまった。

新三郎が、せっかくうまい飯を食わせてやろうと言っているのに、可愛げのないやつさと言って、とっくり返しひっくり返し、塗の匂いをかいだりして膳椀を眺めてい

ると、六兵衛が入ってきた。

「坊は……」

「まだわからねえ。投げ文は来たか」

「見張らせてますが、なんにも来ないそうで」

「なら、身代金目当てじゃねえだろうから、長引いても命に別状はあるまい。ところでお前さん、今夜河童を肴《さかな》にここで飯を食っていけ」

「と、とんでもない。お店《たな》の大事だってのに、そんな呑気《のんき》なことを……」

「なに、重右衛門には、源助から話を通させる」

目を白黒させて、なんにしても一度お店に戻って出直しますと立ちかける六兵衛に、重右衛門には、長引いてもまずはあす一日だ、辛抱しろと伝えろと言うと、ほっとした顔で出ていった。


それから半時《はんとき》ほど、佐野源から兵助《へいすけ》がやって来た。この男、もと藤村の家の中間だったのだが、新三郎が四谷の屋敷を出るとき、どうでもついて行くと言い張ったので、もてあまして佐野源に預けたところ、気働きのよさと命知らずの腕っぷしで、たちまちに若い者を束ねるようになったという曰くの男である。いまでも新三郎を命預けたお主《しゅう》と思っているから、源助も新三郎には兵助をつけておけば、安心していられるのだ。

「伊勢屋では、以前貸していた古鞘屋が店を持てるようになって空店になっていたのを貸したまでで、借り手の身上《みじょう》はなにも知らないそうで」と言う。

萬堂は、本町に店を借りたのが二年前の秋口、大坂の道修町《どしょうまち》の生薬屋に奉公して萬病圓を創り出したという触れ込みだが、上方の小藩の武士だったという噂があるという。池長安の方は、胴人形がひっくり返しになるまでは商いもいたって順調で、昔からの家業だからいまさら問屋筋や同業と揉める種もなく、二十や三十の膳椀でこんなことをされるのなら人寄せなどしなければよかった、思い切って奉行所へ駆け込もうかと、寄り寄り談じているところだそうだ。

「当の河童屋が関わりねえと言っている以上、奉行所だって手の打ちようはないだろうよ。だが、池長安が山形屋の坊をさらってもなんの得もないから、そっちは放っておけ」

兵助が首をひねって
「いくら時節だといったって、こうあちこちで河童がらみの騒ぎが起こるのは、あの膳貸し屋が糸を引いているんでやしょうか」

「ご府内の河童が談合して一揆を起こしたって話も聞かねえが、河童屋と名乗っていて河童がらみの悪さをしたら、すぐに疑われるだろうが。どっちにせよ膳屋の素姓がわからないことには、あてのつけようもねえ」

「山形屋の坊をさらったり堀に職人をほうり込んだりしたのも、あの河童屋でやしょうか」

「堀の一件はともかく、山形屋の坊の方は膳屋とは関わりないだろうよ」

「膳の代わりに預かるって書いて下がってたってことですが……」

「だったら膳が返ってきたら、子供も返さなきゃなるまいさ。貸しも借りもしていないって双方で言ってるんだ、おおかた河童屋のせいにしようとほかのやつが仕組んだんだろう。だがいまだに身代金を持ってこいとは言ってこないところをみると、金目当てでもなさそうだ」と新三郎は、「山形屋の内方のことは六兵衛では役に立たない。お前さん、おれの名代だと言って、山形屋に入り込んで当たってみろ」と言いつける。

兵助が飲み込んで帰って行くと、新三郎は奥に入り、煤竹《すすたけ》色に香色《こういろ》の線書きで芭蕉を染めた単衣《ひとえ》に着替えて、鉛を仕込んで穂先を膠《にかわ》で固めた筆を入れた大振りの矢立てを懐にほうり込み、晩飯の支度は要らねえとばあさんに言っておけ、と小僧に怒鳴る。

四郎吉が縁先に駈け出してきて、晩飯要らないって、おいらはどこで食べるんです、と大声で言う。うまいものを食わせてやると言ったろう、いやしいことばっかり考えてねえでさっさと仕事しろと庭木戸から出た。

本町は、家康公が将軍さまにおなりになる前から店を開いていたという老舗《しにせ》だけが並ぶ一等地である。その一角に、昨日今日の薬種屋が入り込めるようになったんだから、お江戸も変わったもんだと、萬堂に入ってみる。

こんな時節のせいもあろうが、なるほどたいそうな繁盛である。萬病圓を一袋求め、応対した手代に、奉公人が神隠しに遭ったそうだな、お江戸にも天狗がいるのかねと持ちかける。手代は薬を袋に入れながら、もう済みましたことで、と迷惑そうである。

新三郎は、薬の包みを受け取ると、つくづくと袋の表を眺め、

「六枚笹か。めずらしい家紋だな。反対側から見ると、棕櫚《しゅろ》に見えるのは奇妙だ」

ちょうどその時、仕切りの暖簾《のれん》を分けて店に出てこようとした男が、すっとまた引っ込んだ。いかにも商人《あきんど》で出世しそうな目の配りの利いた男である。

「いま暖簾から顔を出したのが主《あるじ》か。あの若さで他国から来てお江戸目抜きの地に店を構えるなんてのは、並みの才覚ではできねえな。おれのような能なしの部屋住みは、萬病圓より主の爪の垢を煎じたほうが効きそうだ」

言い捨てにして店を出る。二、三歩行ってからまた後戻りし、店先に入ると、さっきの男が、新三郎に応対した手代を暖簾際に呼び寄せ、何事か囁いていた。

「友人に頼まれていたのを忘れたぞ。いま一服貰おう」と声をかける。

手代はあわてて店先に戻り、棚から袋を取り下ろす。その間に、主らしい男はまた

奥に引っ込んで行った。

「なるほど武士よりは商人で出世しそうな顔つきだ。で、どこの家中《かちゅう》だったね」

手代は、新三郎を見上げ、

「家中とおっしゃいますと――」と怪訝そうに言う。

「ここの主は侍だったと聞いた。国はどこかということさ」

手代はとんでもないと手を振り、

「河内《かわち》の在から、大坂の道修町の薬種屋に奉公に出まして、苦労して萬病圓を工夫いたしたと聞いております」

「なんだそうか、世間の噂ってのはあてにならねえもんだな」と言い捨てて店を出る。

ちょっと左右を見まわし、のんびりと小田原町から堀留に足を向けた。河岸端まで来たとき、新三郎の右手が懐に入った。

前を向いたまま、左の肩越しに例の仕込み筆を放つ。背後の敵を脅《おど》すための、知新《ちしん》流初伝山雀《やまがら》の空剣である。小さく水音がした。筆が堀に落ちたのだろう。

ゆっくり振り向くと、浪人者が、堀端の柳の陰を足早に去っていくのが見えた。

――よっぽどに後ろ暗いとみえる。

ひとりうなずいて長谷川町に戻ると、狭っ苦しい台所でたいそうな騒ぎが起こっていた。

佐野源から運び込んだ飯台や岡持《おかもち》でごった返している土間で、魚を下ろすのと竿をさすのが自慢の、行徳の漁師のせがれ留吉が音頭を取っている。鰹はとうに廃《すた》りものだと、鱸《すずき》の刺身にかな頭《がしら》の焼物、鯉子のつけなますと、魚ずくめの膳が出来かかっていた。茗荷ともずく入りの冷や汁もある。四郎吉は、板の間の隅っこでおびえたような顔でしゃがんでいる。

縁に面した座敷二間をぶち抜いて、借りた膳椀を作法通りに据え、源助に重蔵、兵助、それに留吉と六兵衛、四郎吉も膝をそろえて相伴に預かり、いつもぬる燗の剣菱は今日は冷やで、新三郎もあまり過ごさず、残った焼き物は六兵衛がおしまばあさんの長屋に届けることにして、暮れ六つ過ぎには兵助と留吉を残してみな帰った。

膳椀は、小僧には手を出させず、兵助と留吉が、熱く沸かした湯でしぼった布で拭いて、粗相のないようきちんと揃えて長持に入れ、買ってもよっぽどの釣の来る、小判一枚を懐紙に包んで上に乗せ、雨除けの油単《ゆたん》を掛けて軒下に置く。

うまいものを鱈ふく食った果報に夜なべはなしだと小僧は寝かせて灯りを落とし、留吉が台所に座り込んだところで、兵助が、さっきは六兵衛さんがいたのでと、山形屋の奉公人から聞き上げたことを話し出した。

一番番頭の忠兵衛に立会ってもらって、一人づつ奉公人を奥の小座敷に呼んで話をしてみたが、六兵衛の言った通り、主の重右衛門に不満のあるものはなく、みな、江戸一の地本屋の大店《おおだな》に仕えているのを誇りにしているようだという。

「乳母はどうだ」

「見ているのも痛ましいほどの嘆きようで、ろくに話もできやせんで」

「そりゃそうだろうな。ほかではだれが一番心配していた」

「遊び相手の小僧の三吉が、可哀想に朝から飯もろくろく食わないそうで」

「なるほど。大人の奉公人で一番取り乱しているのはだれだ」

兵助はちょっと首をひねり、

「みんな取り乱していやしたが、手代の為吉ってのが真っ青になってました。根がまじめで気の小さい男だって、忠兵衛さんが言ってやした」

「心配していねえやつはいたか」

「一人だっていやしません。どうやって店を開けているのか、気になっちまったくらいで」

預かったって札が下がってたんだから、間違って堀にでも沈んでる心配がないのがなによりだ、おおかた今夜一晩の辛抱だろうと言って、新三郎は座敷にひっくり返った。

兵助は外の気配に耳を澄ましている。

五つ過ぎ、足音がして、長持を担ぎ上げる気配がした。兵助が、つけますかと小声で聞く。うなずいて新三郎も立ち上がった。

まず兵助と留吉が、しばらくおいて庭木戸から新三郎が外へ出た。相変わらずの雨空で、足もとは暗いが、歩き馴れた道ではあり、向こうは物を担いでいるから、離れても見失う心配はないだろう。

浅草橋から柳原土手にかかる。先に出た二人は、土手下をつけている。新三郎は、長持とはかなりの間合をとって、ゆっくり歩いた。

ふっと雲が薄れ、どんより滲んだ月が鈍い光を放ち始めた。ちらちら揺れる川波の頭《かしら》が見える。

新敷橋《あたらし》に下りる石段の脇から、頭巾を被った人影が出てきて、長持の一間ほどあとからついて行く。柄が小さい。歩き方を見ても女である。

――ははあ、あれが目のつぶれるような美《い》い女か。

和泉橋にかかったとき、女がつと足を早めて後棒の男に近寄り、塵でもついていたのか、男の後ろ肩に手を伸ばしてなにやらつまみ取って、そっと捨てた。

――なるほどな。

新三郎は、橋のたもとで待っていた兵助と留吉に、つけろと手で合図し、二人が川原から石段を上がって和泉橋を渡るのを見て、きびすを返そうとすると、土手下から浪人体《てい》の男が二人、石段を駆け上り、急ぎ足で橋を渡って行った。橋桁のかげにでもが、さっき堀留で筆を投げつけてみた男のように思えた。

隠れていたのだろう。兵助たちの跡をつける物好きのいるわけはなし、河童屋が気になるやつがほかにもいるのかと、立ち止まって薄い月影に透かし見ると、背の高い方

──萬堂だな。下女の神隠しを河童屋のしわざと思っているのか。

萬堂のその思惑が当たっているなら、山形屋の跡取りの件も、河童屋の仕業でないときめられない。もう少し自分も跡を付ければよかったかと思ったが、まず今夜のところは、兵助にまかせようと、新三郎はそのまま長谷川町に帰った。

奥の間には入らず、座敷でひっくり返って、少しとろとろとしたとき、庭木戸で、新三郎さま、と小さく呼ぶ兵助の声で目が覚めた。

「あの連中は、佐久間町の裏に二軒長屋を借りていて、その一方に膳椀を置いていて、先棒がそっちに住んでいるようで」

「後棒と女は夫婦か」

兵助は首をかしげた。

「たしかに出来てはいやしょうが、変になまめいてやしたから、どうも夫婦とは思えやせんが」

「おれもそう見た。で、長屋に山形屋の坊を隠しているような様子はなかったか」

「一間っきりの裏長屋に、子どもを一日おいておくのは、ちっとむずかしいんじゃね

えかと思いましたが、念のため、留吉を残しておきました」

「お前たちのあとから、二人組の浪人ものがつけていったが、そいつらも河童屋が気になっていたらしいな」

兵助はうなずいて、

「本多さまのお屋敷の角で、酔ったふりで留吉に喧嘩を売り、やり過ごしました。二人連れは、まっすぐに本多さまのお屋敷を通り越して行っちまったようで」

「あれは萬堂の雇われ浪人だ」

兵助が、これからどういたしやしょうと聞く。さし当たっては手の打ちようがねえ、重蔵が何を聞き込んで来るか、それを待ってからのことだと言って兵助を返し、奥に延べてあった布団の上にごろ寝した。

五

明け六つが鳴るのを夢現《うつつ》つに聞いたと思ったが、昨夜遅かったのと、枕許の小障子から涼しい風が吹き込んでくるのとで、またとろとろと眠りに引き込まれかけたとき、表口をたたく音がした。おしまばあさんもまだ来ていないから、小僧がごそごそと出ていく気配がする。

朝っぱらからとかなんとか言っているのは、六兵衛の声である。まさかとは思ったが、跳ね起きて、

「なんかあったか」と声を掛ける。

お起こしして申しわけありません、と入ってきた六兵衛は、新三郎がもう座敷に出ているのにびっくりしたようすで、

「お寝みになってなかったんですか」と、目を丸くする。

「明け六つが鳴るか鳴らねえうちにたたき起しておいて、世間並みの挨拶するな。坊がどうかしたか」

「いえそれが、また軒下にぶる下がってましたもんで」

「身の代か」

「いえ、坊は無事だ、騒ぐと帰れない、って……」

「なるほど結構なことだ、その通り、騒がずに待っていればいいだろう」

「とおっしゃっても……」

六兵衛は、おろおろしている。新三郎は少し考えて、

「そうさな、今日一日、奉公人に小遣いやって、里へ帰ってても芝居へ行ってもいいと外へ出して、店は休みにしろと主《あるじ》の重右衛門に言え。そしたら日の暮れころには、台所にでも坊が座っているだろうよ。お前さんはどうせ行くところなんざなかろうから、

みんなが出て行くまでお店にいて、そのあとでおれのとこへ来い。昨夜《ゆうべ》のようにはいかないが、蕎麦切りくらいは振る舞ってやるさ」

六兵衛は、まるっきり飲み込めないような顔つきだったが、それでも急いで帰って行った。

入れ違いにおしまばあさんがやってきて、台所で物音がしはじめたから、新三郎もそのまま起き上がった。飯ができたというので台所に出ていくと、あんな立派な焼き物は息子の婚礼以来だとか、昨夜のかな頭《がしら》の礼をくどくどと言う。聞き流しておきまりの豆腐汁をすすっていると、重蔵が来た。

「留が一晩、長屋に張りついていましたが、子どもがいる気配はないと日の出前に戻ってきました。河童屋でないとなると、どうやって手掛かりを摑んだらようございましょうか」

佐野源の知恵袋といわれている男が顔を曇らせる。

「坊の方は騒ぎ立てなければ帰るとまた札が下がっていたそうだ。奉公人をみな外へ出すように言っておいたから、今夜中にも帰ってくるだろうよ」

重蔵は芯からほっとしたようすで、

「それはようございました。そうなれば、河童屋の素姓を調べる必要もなくなりましょうか」

「だが、河童退治に行ったまま行き方知れずになったやら、矢のお蔵の堀に浮かんでいたやらの片がついていない。それに萬堂は、河童屋をひどく気にしている。だれに頼まれたわけでもねえが、乗りかけた舟だ、ここまできてほっておいて、また人死《ひとじ》にでも出たら寝覚めがよくねえ。もうしばらく物好きにつきあえ」

それはもう、おっしゃるまでもございませんと言って、重蔵は、伊勢屋で聞いた話をする。あの連中は、はじめは一軒の長屋に、何十組もの膳椀をおいて、三人重なるようにして暮らしていたので、隣の長屋が空いたとき、商売道具の置き場にどうかと言ったら、膳椀といっしょに男の一人が引っ越したそうで、と言う。

「残った二人が夫婦か」

「一緒に暮らしているんだから、夫婦だろうが、なんか妙にぎごちないところもあるから、駆け落ちもんじゃないかと言ってました」

「そんなとこだろうよ。膳椀と住んでるのは下男か」

「と言ってました。主の浪人と二人で、代りがわり店番してるってことで」

「主は、店番してないときはなにをしている」

「いつもどっかへ出かけてるってことで。おおかた得意まわりでもしているんだろうって言ってましたが」

「膳貸し屋の得意になるほど、しょっちゅう人寄せする家ってのもないだろうさ。国はどこか、そんな話が出たことはねえのか」

「わっしもそう思ったので、聞いてみたんですが、そういえば、こないだ下男が店賃持ってきたとき、菱《ひし》の実を茹でたところだったので食べるかと言ったら、ひどく懐かしそうな顔をして、国では殿さまに献上したとかなんとか言いかけて、慌ててやめたんで、国のことは言いたくないんだなと思ったって言ってました」

「菱の実なんてのは、どこでも食うだろうから、国侍だったってことだけしかわからねえな。あの機嫌の悪い浪人ものは、上方訛があるようだったが」

「三人とも、上方の訛があるってことで」

「萬堂は河内の出だと触れ込んでいるようだから、やっぱり上方だ。たいして腕は立たねえが、あいつも侍だったことは間違いない。だが、やたら人を怖がって、あの程度の構えの店で用心棒を何人も雇っているのは、ただ事じゃねえ。用もないのに膳椀借りてみたり、跡を付けさせたりしているのは、ひょっとすると和泉橋の河童に弱い尻を摑まれているのかも知れねえ」

　重蔵がくすりと笑った。新三郎も気がついて、

「河童に尻を摑まれるなんてのは、洒落《しゃれ》にもならねえが、事が起きる前に、こっちで河童の尻を摑むに越したことはねえ。念のためだ、もう一日だけあの辺《あた》りをうろついて、もしあの機嫌の悪い浪人が、店をあとにするようだったら、つけてみろと言え」

かしこまりましたと帰りかけた重蔵を呼び止め、萬堂の下女の神隠しってのは、ずいぶんと評判になったのかと聞く。大騒ぎして探しまわってしまいましたから、ごまかしようもなかったようで、日本橋界隈では、たいそうな評判で、絵草子にもなろうかって噂ですがと重蔵が答える。重蔵が帰ると、新三郎はめずらしく画室に入った。

昨日から描きかけていた男顔の女と職人の色模様に、縁の下から覗いている河童を描き足している。三枚描き上げ、これで六兵衛の顔も立とうってもんだと、座敷の飾り棚に載せたところへ、計ったように六兵衛が来た。

「お前さんも、気の利いた幽霊ほどには、出どころがうまくなったたな」

いま描いた下絵を放り投げると、いつもなら二つ三つはお世辞を言うところ、お店のことが気になるのか、黙って拾い上げ、それでも感心に風呂敷だけは懐に入れていたらしく、包みかける。昨日の本膳の礼すら言わないから、新三郎も気がついて、

「馬鹿におとなしいじゃねえか。

六兵衛は、とんでもないと手を振った。

「お店の大事だってのに、喜んで遊びに出ていくような奉公人は、一人だっていやしません。けど、主人の言うことだから、仕方なく出て行きましたが……」

「が、どうした」

「お乳母《んば》のおしげだけは、坊さまのお帰りまで、後生ですからお店においで下さいっ

て、まるで追い出されでもするように泣いてばかりで、台所に突っ伏しています」

「そりゃまあ、それが本当だろう。で、そのおしげに同情して出かけないでいる奉公人はいないのか」

「おかみさん付きのおかねがいっしょ懸命なぐさめてました。けど、忠兵衛さんに言われて、どっかに出て行ったようです」

「表方の奉公人はどうだ」

しばらくぼんやり宙を見て、

「そういえば、だれやらが話しかけていましたっけが……」と首をかしげて考え込み、

「そうだ、手代の為吉が、なんかしきりに言ってましたが、あんまりおしげがわからないので、根負けしたか、出て行きました」

「為吉ってのは、おしげといつも親しい口を利く仲か」

「いえ、奥と店ですから、日ごろは話しているのをみたことはありませんが……」

「悲しがって飯も食わないっていう見上げた小僧はどうした」

六兵衛は、初めて気がついたようで、

「あ、そう言えば、三吉はどうしたかしらん」

その辺にいるはずもないのに、あたりを見回す。

「お前さん、そうとうにあやしくなっているぞ。この家にいるのは、主がどうなろう

と飯だけは食らおうって小僧さ。帰ったら三吉がどうしているか、しっかり見ておけ」

たちまちに四郎吉が画室から顔を出す。

「なんですか、飯を食うとかくわないとかって」

「お店の坊がいなくなったってんで、さすがの六兵衛さんも気が転倒したと見えて、ここの家に忠義な小僧がいるような気がしてきたらしい」

「いるじゃありませんか」

「それはまた結構なことだ。主はさぞや安楽に暮らしていられるこったろうよ」

「三吉を見て参ります」と六兵衛が立ち上がって、それでも風呂敷だけはしっかりと手に持ち、ふらふらと出ていった。

「馬鹿に早く帰ったんですね」

さっそくに四郎吉が首を突っ込んでくる。

「お前さんを見ていたら、お店の忠義な小僧に会いたくなったんだろうよ」

「そうでしょうね、三吉ってのは、おいらとよく似て主人思いだから」

「お前さん、三吉と口を利いたことがあるのか」

「そりゃ山形屋さんに使いに行ったら話くらいしますよ」

「お前さんと違って、口答え一つしない気の毒みたいにまじめな小僧だったが、里の躾《しつけ》がよっぽどによかったんだな」

「おいらだっておっかさんにはちゃんと躾けられたけど、親方が口が悪いから、こうなったんです。親方は小僧の鏡だ」

「それをいうなら、小僧は親方の鏡と言え、遠慮はいらねえ。で、三吉の里はどこだ」

「小田原町の魚棚《うおだな》で、おとっつあんがこれからは字が読めないとだめだからって、お出入りの山形屋さんに奉公に出たってましたよ」

「屋号をなんという。小田原町は家並み魚棚だ」

「そんなとこまで知りませんよ、六兵衛さんに聞いたらすぐわかるでしょうに」

「なるほど負うた子に浅瀬だ。ま、そこまでわかれば急ぐこともねえ」

新三郎は、立ち上がると奥の間に入って着替え始めた。また出かけるんですか、空模様がよくないってのに、と小僧がぶつくさ言っている。

六

薄縹《うすはなだ》地に魚形文《うおがたもん》を肩裾に白く抜いた単衣《ひとえ》を着て、例の矢立てを袂にほうり込み、大刀だけを落とし差しにして、庭木戸から出る。なるほど小僧の言う通り、いまにも落ちてきそうにどんよりしているが、時折涼しい風も来て、歩きまわってもさほど汗にもならないだろう。浅草橋を渡り、佐久間町に出る。

山形屋の跡取は、十中八九、日暮れまでに無事帰ってくるとは思うが、なにぶんにも子どもの命のことである。念を入れるに越したことはないから、一度河童の住んでいる長屋をこの目で確かめようと思って出てきたのだ。途中まで来て、浪人ものの主《あるじ》のあの機嫌の悪さでは、なんで住居にまで来るとからまれ、かえって面倒なことになってもいけないと思い返し、和泉橋の軒店《のきみせ》に足先きを変えた。

今日は下男の当番とみえ、頑固そうな中年の男が座っている。

「主は留守か」

男は顔を上げて、お借りになりますかと聞く。

「なに、つい昨日借りたばっかりだ。お前さんとこじゃ、借りた膳椀に粗相があると、仇《あだ》をするって評判だから、粗相がなかったかどうか、確かめに来たのさ」

男は、ひどく迷惑そうな顔になった。

「どなたさんがおっしゃったのか知りませんが、わたしらでは、そんなことはようしません。商売敵《がたき》でもいるのかと、主も気にしておって……」

主以上に上方訛のある言葉つきで言う。

「その噂のおかげで、繁盛しているっていうんだから、結構なことじゃねえか。江戸ってのは、お前さん方上方の人間と、ちっと違う考えのやつらが住み着いている土地だからな」

男は、なんと挨拶してよいか、とまどった顔になった。

「ところで主はどこにいる。ちょいと教えてもらいたいことがあるんだが」と、もちかけると、男は、その、ちょっと知り合いのところへ……と、もごもご口ごもった。

「萬堂か、あっちでも待っているようだったからな」

男は腰を浮かした。

「あっちでもって……」

「昨夜《ゆうべ》おれのところから長持担いで帰ったとき、跡をつけられている。どんなわけがあるのか知らねえが、ここはお膝《ひざ》もとだ、あんまり人騒がせなことはしねえほうがいいとおれが言っていたと、主が帰ったら伝えておけ」

言い捨ててきびすを返し、和泉橋を渡りかけると、向うから女がやって来た。この間の若衆顔の女だと気がついたが、すれ違うとき、河童屋に漂っていた塗物の香がふっと匂った。なるほどこれが六兵衛の言った目のつぶれるような美《い》い女だったのかと、橋を渡り切ってから振り返って見ると、後ろ姿がたしかに昨夜の女である。

とたんに新三郎は、油断だったかもしれねえと、大股になった。ただでさえ目に立つ伊達《だて》模様の長身の若侍が、風を切るほどに急ぎ足に来るから、男までが立ち止まって見送る。

浅草橋御門を通って、横山町橋町と一気に抜け、六間町の佐野源の店先に入るなり、

「河童屋の亭主にはだれが張りついた」と大声を上げたから、居合わせた乾分どもが仰天した。

聞きつけて奥から出てきた重蔵が、

「気の利いたのが手が空いていませんでしたので、兵助が行きましたが、なにか――」

「いつごろ出た」

「わっしが新三郎さまのところから戻りましてすぐですから、かれこれ二《ふ》た時《とき》にもなりましょうか」

「つなぎはどうなっている」

「そんなに急なことがあるとも思いませんでしたので……」と困惑した顔になる。

たしかに念のためだと言ったことを思い出した。

「まず間違いあるまいと思ったから、念押しだと言ったが、ひょっとして山形屋の坊を、あいつらが隠しているってこともないでもない。長屋には子どもはおけまいから、河童屋のしわざではなかろうと思ったが、やつら、もう一つ、別のねぐらを持っているに違いない」

言いながら座敷に上がる。ついてきた重蔵が面をこわ張らせ、

「あいにく親分は屋敷まわりに出て行っちまってます。さっそくに何人か繰り出して、当たらせましょう」

店先に戻ろうとするのを止めて、

「二た時も戻らねえなら、なんか当たりがついたのかも知れない。さっき下男を脅《おど》してきたから、さっそくに主に注進しているだろう。下手に騒いで、子どもが危ないことになったらいけねえ」

重蔵も、それでしたらとおしのぎをと、冷や素麵を運ばせる。明け六つ前に六兵衛にたたき起されてから、あちこちして腹の減ったのも忘れていたが、相変わらず押しつけてくる温気《うんき》に、素麵の喉越しがひどく心地好い。

「萬堂がやたら用心棒を雇っていたのは、河童屋を怖がっていたんだ。だが、膳椀借りたのがつい最近だってことは、それまで河童屋の正体を知らなかったことになる」

素麵をすすり終えると、新三郎は、

「なにぶんにも子どもの命がかかっている。そうは長引かないだろうから、ほかの仕事はちっと欠いても人数を繰り出せ」

重蔵は、おっしゃるまでもございませんと、すぐに座を立った。

源助が、お出でになるとは思いませんでしたのでご無礼をしましたと入ってきた。

新三郎は、ざっといまの次第を話し、

「河童屋の軒店のまわりは見通しがよすぎて、乾分どもがうろつくと目立ってどうにもならねえ。佐久間町の長屋と萬堂に何人か張りつけろ。おそらく今夜にもなにか動きが出るだろう、油断するな」

すぐまた立とうとする源助を呼び止め、

「萬堂はもとは侍だ、どこの家中《かちゅう》かまでは無理としても、どのあたりの出か、なんとか聞き込んでこい。河内の出で、大坂の道修町《どしょうまち》の薬種問屋に奉公したと触れ込んでいるんだから、上方には違いない。言葉の訛は五年十年経っても消えねえからな。だが前身を隠しているやつが、ことさら河内と言うからには、まず河内ではない」

それだけ言うと、やれやれと畳にひっくり返ったが、またすぐ起き上がって、

「だれか山形屋へ走って、変わったことが起きなかったか聞いてこい。六兵衛がいたら、奉公人の中で、どこへも出ねえで居残っているのは誰々か、三吉はどうしているかと聞け」と怒鳴った。

「山形屋さんにはすぐ走らせました。萬堂と河童の長屋の手配りもすみましたが、萬堂の聞き込みのほうは、南の内藤さまのお力を借りることになるかもしれません」

源助が戻ってきて言う。南の内藤さまというのは、町奉行所の与力である。岡っ引きという便利な連中のまだ出てこないこの時代、人入れ稼業と奉行所の役人は持ちつ持たれつの間柄で、佐野源では、南町与力の内藤と、それなりのつながりを持っていたのだ。

「奉行所ってところは、手続き踏むだけで三日はかかる。急の間には役に立たねえだ

ろうが」

　手続き踏むのを待っていましたら、三日ではすみません、半月は掛かりましょうと源助が笑う。おそらく内藤に、なにかの手を使うように頼んだのだろう。

　そうこうしているうちに八つ過ぎたが、兵助は戻らない。源助は、あの男に限ってお気づかいはいりませんと落ち着き払っているが、新三郎はめずらしく焦《じ》れた。

「残っているやつを河童の軒店にやって、嗅ぎまわらせろ、こうなったら、ちっと荒っぽくなってもかまわねえ」

「野郎どもがどじ踏んで、万に一つも山形屋の坊に間違いがあってはなりません。わたしが様子を見てまいります」と源助が立って行った。

　新三郎は、畳に引っ繰り返って天井を睨《にら》んだ。いつもこういうとき身の回りにいる兵助がいないと、どうにも落ち着かない。おのれ一人の料簡で深入りして、動きが取れなくなっているとは思えないが、知らずに危ない橋を渡ってしまうことはあるかもしれない。

　新三郎はじっとしていられなくなった。跳ね起きて店先に出る。ちょうど駕籠が来て、源助が乗り込もうとしているところだった。

「おれも行くぞ」

　新三郎が言うと、源助はすぐには応ぜず、ちょっと考え込んだ。新三郎のいうことに逆らったことのないこの男が、新三郎さまは河童にも下男にも顔が割れておいでです、ここは、わたしにおまかせ下さいまし、と頭を下げる。

新三郎にしても、やみくもに出かけてさてなにをという見当もついていない。その様子を見て源助が、新三郎さまはここにおいでになって、あちこち飛ばしてある野郎どもが戻ってきましたら、話を聞き上げてくださいまし、わたしにしても、行ってみたところでどうにもならないかもしれませんが、じっとしているよりゃましでしょうと、駕籠屋をせき立てて行ってしまった。

山形屋に行った藤六が入ってきた。

「坊はまだ戻らねえけど、ほかに変わったことは起きてねえそうでやす。そいから、店に居残ってるのは、一番番頭の忠兵衛、二番番頭の長右衛門、三番番頭の六兵衛、えっと、そいからと……」

藤六は、ちょっと天井を見て、

「お乳母《んば》の、なんてったっけ、ともかく、お乳母さんだけだってこって」

「三吉って小僧はどうした」

「その小僧は、里へ帰えったそうで」

「一人で帰ったのか」

「そこんとこまでは、聞いてきやせん」と言う。

役に立たねえやつだと、怒鳴ろうとして、たしかにそこのところまでは言いつけなかったと気がついた。もう一遍山形屋へ行って、六兵衛を呼んで来いと言うと、へえ、と素直に返事して出ていった。

日の暮れが遅いのが、まだるっこしい。暮れ六つ前になったら、こっちから山形屋に出向くつもりでいたが、まずは六兵衛に様子を聞いてからだと思い直したのだ。

だれかまた急いでくる足音がしたので、六兵衛にしては早いと起き上がると、重蔵である。

「内藤さまが、萬堂の件はしばらく待てとおっしゃいましたが、思いがけなく、河童の身上《みじょう》がわかりそうで」

「わかりそうだというと、まだわかったわけじゃねえのか」

「実は、あちこちで河童の悪戯《わる》さが噂になっているので、このままほっておいてお膝もとが騒がしくなってもいけないと、町方でも、内々河童屋をお調べになっていたんだそうで」

「立ち上がりの遅い役人にしては大出来だ。矢のお蔵の堀に、尻小玉抜かれた職人が浮かんだって噂に、町奉行が腹立てたんだろう。なにしろ公儀の武器庫だ、滅多なことがあったら五人十人の腹切り行列が出来上がるからな。で、辻斬りの方はどうだ」

「昨日の暮れ方、町人が斬られそうになったが、なんとか逃げてきたってことで」

「町人が逃げられるような腕で、なんだって辻斬りなんかしたがるのかね。こっちも河童屋の仕業だっていうのか」

「これが無宿者とでもいうんなら、しょっ引いて十ばかりぶっ叩けばすぐに埒《らち》があくが、浪人とはいえ侍だから、そう簡単にはいかないということで」

「なるほどまず搦《から》め手《て》からって寸法か」

「なにもしていない浪人に、どこの家中だなんだと問いつめて、旧主にねじ込まれても面倒だというので、あれこれ当たっているところだとのことで」

「まるっきりわからねえと同じじゃねえか」

「見たような顔だという人間がいて、明日にも面通しをさせる手はずになっているそうで」

「結句、今日の間には合わないじゃねえか」

重蔵は申しわけございませんと小さくなった。

そこへ六兵衛が息せき切ってやってきた。

「なんか、坊のことで――」

「まだ帰ってこないか。三吉って小僧はどうした」

「泣いてばっかりなんで始末に終えないんで、昼すぎ、わたしが送って里に帰しました」

「お前さんが送って行ったのか。で、なんか話したか」

「いえ、しゃくり上げてばっかりで、まともな話はなんにもできません」

「里のようすはどうだ」

「小田原町に入ったところで、三吉が、もういいっていうんで、わたしはそこから戻りましたが、三吉がなにか……」

それには答えず、

「お乳母は相変わらずか」

「昨夜《ゆうべ》っから、一口も食い物を口にしないで、部屋に引き籠もって、こっちも泣いてばっかりで」

「おかみはどうしている」

六兵衛は、ため息をついた。

「おかみさんは、ご承知の通り気のしっかりした方ですから、取り乱したりはなさいませんが、真っ青のお顔で朝からずっと仏壇の前にお座りになりっぱなしで」

「よし、すぐに戻って重右衛門に、奉公人の帰らないうちに話があると言え」

六兵衛は、なにがなんだかわからないまま、あわてて帰って行った。

「兵助のやつが行ったっきり雀だってのは、どうにも気に入らねえが、おれがばたついてまた行き違いになってもならねえ。とりあえずは坊のほうを片付けてくる。なんかあったら山形屋へ走らせろ」

言い置いて、新三郎は佐野源を出た。

七

空はますます重たく垂れてきて、もう日暮れまでもちそうにない。人々の行き交いが慌ただしくなっている。

山形屋は、店を閉め、奉公人もいないので、静まり返っていた。日ごろあまり使わない一番奥まった座敷に案内された新三郎は、主《あるじ》の重右衛門と向き合って話し込んでいたが、四半時《しはんとき》ばかりして店に出てくると六兵衛を呼び、耳元でなにかささやいた。

六兵衛はのけぞって驚いていたが、表に走り出て、すぐに駕籠を一丁、呼んできた。

こんどは奥に入って、やつれ切って、たった一夜で面変わりしてしまった乳母のおしげを引き摺ってくると、無理やり駕籠に押し込む。それから店の板の間に頭をすりつけて新三郎にお辞儀すると、駕籠脇について出ていった。

新三郎は、呆気に取られた顔で、ぼんやり結界《けっかい》に座っていた一番番頭の忠兵衛に、奥に行って主から話を聞け、あとはしっかりお前が取りしきるんだぞと言い捨てて、山形屋を出た。

あとは、兵助の行き方が心もとない。

山形屋を出た新三郎は、雨空を見上げながら、どうしたものかとちょっと考えたが、まずは源助が帰ってきたらその話を聞いてからのことだと、六間町へ戻った。

兵助は見つかったかと聞くと、源助はかぶりを振り、

「あいつのことですから、山形屋の坊に間違いがあっちゃならないと、深入りしたかという気がしてきまして……」とめずらしく言い差す。それから気を変えるように、

「丹波の山家《やまが》藩で薬草を仕入れている男から、萬堂の主は山家藩の侍だったと聞いた覚えがあるって話を、留吉が聞き込んできました」

「なるほど丹波か。符牒が合ったぞ。あとは河童を捕まえて、口を開かせるだけだ。いま少し待って、山形屋の坊が無事戻ったって知らせが来たら、遠慮なく河童退治と行くさ」

源助が、目を見張り、お心当たりがおありなんでと聞く。

「一つだけだ。暮れ六つが鳴ったら出かけようが、それまでに六兵衛から知らせが来なかったら、またそのときのことだ」

それではと、源助が大急ぎで夜食を調えさせる。あちこちみんな出払っちまってますもんで、と、それでも安房《あわ》からとどいたという鯨を、茗荷をたっぷりと入れた澄し汁に仕立て、なんといっても河童退治にはこれが一番で、と、胡瓜の三河あえを添えて運んできた。いつもの剣菱は今宵は控え、鯨は何年も食ったことがないと汁を二

杯代えたところへ、六兵衛が転げ込んできた。

「坊をたったいま、駕籠でお届けしました。なにかのことは、また明日」と、鼻水をすすり上げて、頭を敷居際に押しつけると、すぐまた転がるようにして出ていった。

源助がびっくりして、駕籠でお届けってまた、どこにおいでだったんで、と尋ねたが、新三郎は、汁椀を抱えたまま、

「ま、明日になったらなにもかもわかるだろうさ。なんにしても、無事だったんだ、重右衛門も文句は言えねえだろう」と言う。

源助もそれ以上は何も聞かず、

「お供に留吉を」と言ったが、新三郎は、

「なに、化け物退治は独り武者と、浄瑠璃芝居でも相場が決まっているさ」

椀をおくとすぐに立ち上がった。

あつらえたように暮れ六つが鳴る。

「いい時分だ」

袂に落とし込んできた例の矢立てを確かめて立ち上がる。

外に出ると、細かな雨が落ちてきていた。

「河童が出やすかろうからがまんするか」

独り言を言って、矢のお蔵に向かって歩き出した。橘町まで出てから、横山町の角

を折れ、堀にぶつかると、村松町二丁目の角を両国橋のほうに曲がる。暮れ六つ過ぎといい、降ってもきたから、常でさえ人通りの少ないこのあたり、河童騒ぎのせいもあってか、人っ子一人歩いていない。

　橋のたもとから戻ってまた横山町に出たとき、向うから、雨除けのつもりか、風呂敷のような布きれを頭に被った男が来た。すれ違ったとたん、新三郎はいきなり抜刀した。

　男がぎょっとして立ち止まったときは、かぶっていた布が二つに切れて飛んだ。

「な、なにをする」

　振り向いて男が怒鳴った。

「辻斬りのまねごとする男が、本物の辻斬りに驚いてどうする」

　男は、新三郎に背を向けて、一散に走り出した。と、新三郎の左手がひらめいた。

　あっという声がして、男がたたらを踏む。男の後ろ首に、仕込み筆が突き立ったのだ。

　右の手に太刀を持ったまま左の手で打つ、知新流奥伝片雁《へんがん》の隻剣《せきけん》である。

　しきりに手を後ろ襟にまわして、筆を抜こうとしている。加減したからそれほど深くは刺さっていない。新三郎は、後ろへまわした男の手首を掴み、男の体をくるりとひねってこちらに向かせ、ついでに刺さった筆を抜いた。

「なにを考えて辻斬りなどしている、ええ、河童屋」

男は、新三郎の顔を見た。

「あっ、あんたは、昨日の……」

「そうさ、昨日膳を借りた客だ。おまけにおとつい、ここでお前さんに斬られ掛かった男さ」

「ど、どうしておれだと……」

「わかったってのか。お前さんの身体に染《し》みついている匂いさ。お前さんにも、あの美《い》い女にも、おなじ匂いが染みついている。軒店《のきみせ》にも、膳椀にもな」

男は、あわてて自分の身体を嗅いだ。

「毎日同じ匂いの中で暮らしていると、自分ではわからなくなるものだ。それに膳椀の塗りの匂いに似ているからな。おれもはじめは塗物だと思っていたが、萬堂に行ってみて、なるほど薬の匂いかとわかった」

「よ、萬堂へ――。どうしてそんなことを……」

「なに、あてをつけただけだ。だが、お前さんもちっと悪戯《わる》さがすぎたな。明日には身上が割れて、悪くすると大番屋にしょっぴかれるぞ」

「お、おれは、まだなんにもやっちゃいない」

新三郎は笑った。

「お前さんも正直者さね。まだ、というのは、これからなにかやらかそうってのか」

男は、へたへたと地べたに座り込んだ。軒店にいたときは、髭面のいい加減の年齢《とし》に見えたが、意外に若い。

「あんたは、いったいだれなんだ。なんだって、おれの跡をつけたり、邪魔したりするんだ」

涙声になっている。

「なんだって、と聞かれるのが一番困る。物好き心からだとしかいいようがねえからな。だが、お前さんの悪戯さをいいことに、江戸のあちこちで、河童のせいにした悪事がはびこり始めたとなると、町方だってほってもおけねえだろうよ。お前さんがとっ捕まりゃ、辻斬りもかどわかしも、みんなお前さんのやったことにされて、挙句《あげく》が獄門だ」

男は、新三郎の真意を計りかねているようである。目を剝《む》いて大きな息をつくばかりで、言葉が出ない。

「文字通りのよけいな世話だが、萬堂とお前さん双方の顔を見ちまえば、どっちに味方したくなるかははっきりしてくるさ。だがその前に、お前さんの長屋を探りに行った兵助って若い者を返してもらおうじゃねえか」

「あの男、兵助というのか」

「やっぱりお前がどうにかしたんだな。薬を工夫しているもう一つのねぐらはどこだ」

「そ、そこまで知っているなんて、あんたはいったい何者なんだ。まさか、町方の……」

新三郎は、いま一度笑った。

「町方ならこんな手の掛かることはしねえだろうよ。いまも言った通り、明日になると、お前さんの面通しをするそうだ。その上でお前さんをしょっ引く手はずになっているらしい」

「そんなことになる前に……」

河童屋は、口をゆがめた。

「国許から江戸屋敷に出てくる侍でもいるんだろう、身上が割れる前に、やることをやっておくと言いたいんだな」

新三郎は、男の肩をたたいた。

「ついそこに佐野源という口入れ屋がある。兵助ってのは、そこの若い者だ。ついでだから佐野源に来て、ゆっくり話を聞かせてもらおうじゃないか。色事じゃあるまいし、濡れての話はこの辺で勘弁願いたいぞ」

河童屋は、観念したようにうなずいた。

佐野源に入ると、源助が驚いて出迎える。

「兵助は、旅籠町の乾物屋の裏長屋で、ぐっすり寝ているそうだ。下男の吾助っての が張り番しているから、河童どのから一筆もらって、駕籠で迎いに行け。佐久間町の長屋のあたりを張っていたやつらには引き上げろと言え。だが、萬堂のほうはまだ解くな」

河童から書き付けを受け取って、留吉と二、三人が大急ぎで出て行く。

とりあえず剣菱の冷やを運ばせ、源助だけを座敷に入れて、新三郎は河童と三人、四半時ばかり籠っていた。その間に店先が騒がしくなり、ぼんやりとしている兵助が駕籠で戻ってきた。奥の小間で休ませろと指図してから、乾分の一人に文を持たせて、どこかへ走らせた。そのあとすぐ、河童は髭面を引きつらせて帰って行った。

兵助の寝ている奥の小間に行ってみたが、まだ昏々と眠っている。

いったんは目覚めたんですが、ここへ寝かすとまた眠り込んでしまいましてと傍らに座っていた重蔵が言う。新三郎は、

「麻昏湯とかいう薬で眠らされているそうだが、寝たいだけ寝かせて目が覚めればあとの心配はいらないと河童が言っていた。萬堂の小女《こおんな》も、同じ薬を飲まされたのだろうよ」と言って座敷に戻る。

「明日は引き明け際にも、町方の手がまわるだろう。与力の内藤に、話を通しておかないとならねえな」

源助が、

「どっちにしても、事なくすむというわけにはいかないのですから、結句、内藤さまのお手を借りることになりましょう」とつらそうな顔で言う。

そういうことになろうなと、新三郎も少し面持ちを固くした。

八

戌《いぬ》の刻《こく》の鐘が鳴った。

新三郎は、待たせてあった駕籠に乗る。

留吉が、こわ張った顔つきで、脇につく。

「お前さんが敵討《かたきう》ちに出るってわけでもねえんだ、そう突っ張るな」と新三郎は笑って、

「向うは刻限よりは早く来るに決まっているが、飛ばしては人目に立つ。ほどほどに行け」

駕籠舁《か》きに言いつけた。

雨の柳原土手を走って新敷《あたらし》橋を過ぎる。和泉橋が見えてきた。

「ここでいい。土手下に下りて、待っていろ」

駕籠から出ると、さっきよりは雨脚がしげくなっている。

「かなわねえな。まったくおれも物好きだ」

つぶやいたので、留吉がついくすりと笑う。

川原に下り、立ち腐れた小屋の陰に小隠れして辺《あた》りに目を凝らす。暗がりに慣れてきた目に、向こう岸の橋桁で人影が動いているのが見えてきた。

五人はいるようでやすと留吉が言う。漁師の出だから、夜目が利く。

「河童は来ていないな」

「まだのようで」

と、橋の上に人影が三つ、あらわれた。

「女まで来たのか」

橋桁の陰から出た男どもが、早くも抜刀して石段を駆け上がる。

橋の真ん中あたりで三人の人影の動きがはたと止まった。駆け上がってきた男は五人、こういう仕事に慣れているのだろう、二人と三人の二段に分かれ、橋の幅いっぱいに広がる。

「ううむ」

新三郎が唸った。

「どうで雇われ浪人だろうが、中に厭な剣を使うやつがいる」

三人組の一人が女を背後にかばい、ゆっくりと刀を抜いた。

「河童はできますんで」

「並みだ。が、女が足手まといだ。それにこの雨で足もとが悪い」

川原のほうが動きはいいが、濡れた石に足を取られることもある。一人で多勢を相手にするときは、ことに足場がものを言う。それでも男どもが橋の上をえらんだのは、狭い場所に追い込んで、なにがなんでも討とうというのだろう。

双方とも構えたのみで、動かない。

雨はさらに勢いを増してきた。

「また一人、来やした」

留吉がささやく。

橋桁の下から、男があらわれた。ゆっくりと石段を登り、橋にかかる。

「あれが萬堂だ。だがあいつはまるでいけねえ」

男は、抜刀している男どもの後ろに立った。

河童が正眼《せいがん》に構え、一歩踏み出した。

「平岡半右衛門。よくあらわれたな」

女も脇差を抜く。

萬堂が、口を開いた。

「わしとしたことが、まんまとおぬしにおびき出された。だがかえって好都合だ。いつかはこんな日がくると思っていたからな」

「貴様は兄の苦心の処方を盗みに入り、見咎《みとが》めた兄を闇討ちした」

留吉が小さい声で、へっ、そういうことだったんで、と言っている。

「だが貴様はかけらほども痕跡を残さなかった。それ故にわれらには、仇討《あだうち》の御裁許が下りなかった。しかし、いま、おれたちにおびき出されてここへ来たのが、なによりの証だ」

八双《はっそう》に構えていた左側の浪人が、む、と気合を発した。新三郎の言う、厭な剣気である。

待て、と萬堂が浪人を押さえる。

「いかにもおれは、おぬしの兄、太一郎の処方を基に大坂で修業し、萬病圓を創り出した。だが、おれは太一郎を殺してはいない。そのことは、おぬしが一番よく知っているはずだ」

「なんだと」

河童の太刀先がちらと揺らいだ。

「太一郎は、病身の親を抱えて無役《むやく》のおれを憐んで、処方を譲ってくれたのだ。だがあの男が死んでしまっては、だれもそのことを信じない。だからおれは、御城下を立ち退いた」

女が、おどろいたように河童の男を振り仰いだ。

「この期《ご》に及んでなんの世迷言《よまいごと》」

河童がおめいた。萬堂は、

「おぬしは、そこにいる嫂《あによめ》のこよどのに懸想していた。太一郎はおぬしの気持にとうから気づいていた」と意外なことを言う。

「くそっ。あらぬことを言い出しぬけぬけと生き延びようというのか。武士の面汚しめっ」

大声で河童が叫んだ。だが萬堂は、河童の言葉をまるで無視して続ける。

「おぬしは、おれに生きていられては困るのだ。仇討と称しておれを斬れば、おぬしは兄の処方を藩に献上して村田の家を継ぎ、晴れてこよどのを妻とすることができるのだからな」

女が、脇差を下げたまま、ふらふらと河童に近寄った。

「源二郎さま、まことですか、あの男の申すことは」

萬堂が、河童を指差した。

「こよどの、そなたの夫を斬ったのは、その男だ」

河童は太刀を振りかぶった。

「卑怯者っ。なんたる戯言《ざれごと》っ。尋常に斬られてしまえっ」

女が河童に駆け寄った。

「源二郎さまっ、まことのことを――」

刀を持った河童の男の手にしがみつく。振り向いた男は、女をみつめた。わずかの逡巡ののち、男は、女の首に左手を掛けてぐっと引き寄せ、かざした刃を取り直した。

――いけねえ。

新三郎の右手がひらめく。仕込み筆が激しい雨を切って飛んだ。

だが河童の刃は、すでに女の胸元を刺し通していた。高い悲鳴が川原に響く。

次の瞬間、河童はがくっと膝を折った。仕込み筆が首筋に突き立っている。

新三郎は地を蹴った。留吉も続く。

男はそこに座り込むと、女の胸から刀を抜き、自らの脇腹に突き立てた。

茫然と突っ立っている下男の頭上に、浪人の刃が襲いかかった。

一瞬早く、飛び込んだ新三郎の大刀がその刃を跳ね上げ、瞬時に峰を返し、浪人の肩をたたく。ひとたまりもなく太刀を落とした。

残る三人に太刀先を向け、新三郎は萬堂に言いかけた。

「引け。引かぬと、斬る。なに、この河童が思いがけずおぬしを斬っちまったんで、腹切ったと届けりゃそれですむ」

萬堂は、凍りついたように動かない。

新三郎は、刃先を萬堂に向けた。

「ひ、引いてくれ」

萬堂は浪人どもに言った。

浪人者と萬堂は、峰打ちを食った男を囲むようにして、激しい雨の中を橋の下に消えた。

河童の腹からあふれ出る血が、橋の上にどす黒く拡がるそばから、たたきつけるような雨が洗い流す。河童は失血のため、次第に苦悶も遠のいて行くようである。

女は、心の臓を一刺しに刺されたらしい。すでに事切れていた。

「河童屋、言い残すことはないか」

河童は、ふうっと目を上げた。

「く、国許へ、こ、よどの、を……」

「旦那さま、た、たしかに……」

橋の板に食いついて泣いていた下男が、大声で言う。

河童の手が、虚空を摑んだ。新三郎は、その手を取り、傍らで仰向けに倒れている女の、血と雨でしとどに濡れた胸においた。

「か、忝《かたじけな》い……」

河童は、手探りで女の腕をしっかりと摑み、大きく何度か喘ぐと、女の胸に打ち伏して息絶えた。

雨勢は、ますます強くなってきている。

九

翌朝、昨夜の雨が嘘のように晴れ上がり、雨をたっぷり吸い込んだ地面から立ちのぼる湿気で、七つ過ぎにはもう寝ていられないほどの蒸し暑さである。

新三郎が、画室の北側の障子を明けはなって、狭い縁に長々と伸びていると、表に案内を乞う声がした。まだおしまばあさんも来ていない。小僧が出ていったが、

「山形屋の旦那さまです。忠兵衛さんもいっしょですよ」と柄にもなくあわてている。

他人さまのお店《たな》の主《あるじ》が来たからって、そうかしこまることはねえだろうと、起き上がる。

入ってきた山形屋の重右衛門は、敷居際にぴたりと手をついた。

「この度は、家内不行届きにて、とんでもないお手間をお取らせいたし、お詫びのいたしようもございません」

深々と頭を下げる。

「跡継ぎを仕込むってわざは、武家も大店《おおだな》もたいていではないらしいな。なんにしても忠義から出たことだ、昨日も言ったように、咎《とが》めはなしにしておけ」

そのつもりでおりますと、小僧に担がせてきた角樽をうやうやしく差し出して重右衛門が帰っていくと、ようやく明け六つが鳴った。やってきたおしまばあさんが、今朝はふじ海苔《のり》をもらったから、冷や汁にしようと言っている。やれ豆腐の顔を見ないですむとつぶやいていると、日の高くならないうちにと思いましたが、どうにもひどい暑さで、と源助が、汗をふきながら小肥りの身体を運んできた。

「山形屋の坊は、どこにおりました」

「兵助はどうした」

新三郎が反対に尋ねた。

源助は苦笑いして、

「夜中に目が覚めてからはぴんしゃんしてますが、新三郎さまに面目ないと、出てこようとしません」

「そんなことで済んでなによりだ」

山形屋の騒ぎも、わかってみればなんてことはないと語って聞かせる。

跡取りに恥ずかしくないようにと、重右衛門は、たいそうな厳しさで又重郎を躾《しつ》けた。父親より早く起きることから始まって、地本屋の跡取りが文字が読めなくてはと、四つから毎日二《ふ》た時《とき》も本を読ませ、絵の善し悪しが分からなくてもならぬと、狩野から菱川まで、さまざまの絵を見せて覚えさせた。忘れると夕飯を抜くこともあったという。近ごろ又重郎が、なんでもないことに脅えたり、食べ物が口に入らなかったりして、痩せてきていたので、表の奉公人も、坊はどっか悪いのではないかと噂するほどだった。乳母のおしげが、躾が厳しすぎるとなんども申し出たのだが、逆にお前が甘やかすのがいけないと、遊び相手の小僧の三吉さえ遠ざけてしまった。

「なるほど、それで、お乳母《んば》が一思案したってわけで」

兵助から聞いた山形屋の奉公人のようすからあらかたを察した新三郎が、重右衛門に掛け合い、奉公人には一切咎めなしという約束をとりつけた。

萬堂の下女が河童の神隠しにあった話を聞いて、女心の狭さに、坊の姿が見えなくなれば二《ふ》た親《おや》も少しは優しくなるかと、朝早くに三吉の里に行こうと又重郎を連れ出し、手代の為吉に膳の代わりに預かるという札を下げさせた。ところがあんまりことが大きくなったので帰すに帰せず、三吉の里にはとりあえず一晩泊めてやってくれと為吉に言わせたが、おしげは生きた心地もなかったそうである。

「本物の河童騒動の始末はついたか」

こんどは新三郎が聞く。

河童屋夫婦が川原で心中していたのを、今朝方佐野源の身内が見つけたが、夫婦には身寄りがないとのことで、佐野屋で引き取って供養するから、内々にしてほしいと町方に届け出ましたと源助が言う。

「内藤さまからお声を掛けていただきましたので、ことなく通りました。吾助って下男が、おこよさまの髪なりとも持って、明日にも丹波に帰ることになっております」

吾助が、涙の間に話したところによると、萬堂の主人平右衛門、つまり平岡半右衛門と、河童屋の兄村田太一郎はともに丹波山家《やまが》藩の家臣で、親の代から親しい仲だった。山中の小藩ゆえ、なにか功を立てねば役につきにくい。二人とも山歩きが好きで、薬草に詳しかった。重役が、藩の収入《みい》りの足しになる薬の処方を考えろと二人に命じたが、半右衛門はなかなか工夫がつかず、ついに太一郎の処方を盗みに入り、気づかれたため太一郎を斬って立ち退いたのだという。

「あの二人が同じ家中《かちゅう》だったと、よくおわかりになりましたな」

「河童の下男が、殿様に菱《ひし》の実を献上したと言ったが、萬堂が山家藩の侍だったというから、山中の小藩なら、家臣が主に菱の実を献上することもあるかもしれないと思ったのさ」と言って、「嫂《あによめ》に横恋慕していた河童屋が兄を斬って、半右衛門を嵌《は》めたというのはほんとうか」

源助に聞く。

「実はまるきり反対だそうで。ご新造さまは、藩切ってのご器量よしゆえ懸想していたものが多く、半右衛門もその一人だったということで。証拠がなく、表向き仇討《あだうち》のご裁許は下りなかったが、半右衛門を討ち果たせば跡目を許し、兄に代わってお役にもつけるとの内々のご沙汰があったそうです」

山家藩にも、膳貸し河童の伝えのある淵があった。嫂と一緒に仇討に出た源二郎は、半右衛門が江戸で薬屋を開いているという噂を聞いて考えついたのが、膳貸し屋だったのだ。貸す膳椀に半右衛門の家紋の棕櫚《しゅろ》を描き込んで、脅《おど》しておびき出そうとしたのである。棕櫚の家紋の家というのは、そう多くはない。半右衛門は、棕櫚を裏返しにした六枚笹を萬堂の紋にしていたのだが、新三郎に見破られたかと脅え、用心棒に跡をつけさせたのだろう。

河童屋は、返さないとよくないことが起こると世間に妙な噂が広まったのを幸い、たまたま借りに来た薬屋池長安の胴人形を吊して脅してみた。これが功を奏して、すぐに萬堂が借りに来た。こっそりのぞきに行ったところ、まぎれもなく半右衛門だった。河童も兄ゆずりで薬草に通じていたので、膳貸しが順調になってから、いま一軒、長屋を借りて薬の調合を工夫していた。半右衛門をいっそう脅えさせるため、小女《こおんな》を騙して長屋に連れ込み、兵助と同じ麻昏湯を飲ませて眠らせておいて翌朝返した。

「だが、話を大きくするために、矢のお蔵の堀に河童が出ると噂を流し、辻斬りの真似までして通行人を脅したが、職人を殺して堀に投げ込んだりはしないと言っていた」

それにしても、仇討だったら、なんでまた、敵《かたき》を目の前にして御新造さまを斬って、自分も腹切りなんかしちまったんでしょうな、吾助も、そのことばっかり言っては泣いておりますがと、源助が首をひねる。

「そうさな」

新三郎は、しばらく黙って庭先に目をやっていたが、

「萬堂の言った通りだとすれば、死ぬだろうよ」

「まさか、実の兄を――」

源助は目を剝《む》いた。

「うまくいけば惚れた女とお役とが転がり込むんだ、俗に言う色と欲で、ついそういう気になろうも知れねえさ」

あの河童屋の旦那がそんなだいそれたことをするなんて、人というものはわからないもので、と源助は、首を振りながら帰って行った。

翌朝、六兵衛がやってきたが、おなじことをくどくどくり返しそうな顔つきだったので、

「お店の坊の話はもう結構だ。それよりも、萬堂はどうしている」

先手を打つと、

「上方で新しく店を開くことになったとかって、昨日、ばたばたと店を畳んじまったそうで」と答える。

「そいつは上分別だ。ぐずぐずしていて、ひょっと町方になにか聞かれたら面倒なことになるだろうからな」

「町方って、萬堂もなにかやったんで――」

「河童屋の身上《みじょう》を知っていると届け出たのは、あの男さ。とっつかまって、矢のお蔵の一件からなにからみんなあいつのしわざってことになりゃ、万々歳だからな」

六兵衛は、なるほどねえ、と感心したが、職人が矢のお蔵の堀に浮かんでたってのは、だれの仕業なんでしょうかねと首をかしげる。

「ひょっとすると本物の河童かもしれねえ。堀に浮いてたっていう平野町の畳職ってのはどんな男だ」

「独りもんで小金貯めて烏金貸《からすがね》してる太吉っていう男ってだそうですが、死んじまったんで長屋の連中が後始末してみたら、どこにもそんな金なんかなかったって話でした」

「肝試《きもだめ》しに行って帰ってこねえっていう、小伝馬町《こでんまちょう》の粂吉とかって大工はどうだ」

「あれっきり影も形もだそうですが、粂吉ってのは、大酒は食らうわ、小博打は打つわ、馴染《なじ》みのあばずれはいるわで、棟梁も持て余していたようで。いまになると、いなくなってせいせいしたって言い出す連中までいるってことですよ」

新三郎は苦笑いした。

「お前さんも相変わらずの地獄耳さね。お店の大騒ぎのさなかに、これだけ仕入れてくるんだからな」

新三郎は反故《ほご》紙になにやら書き付け、これを佐野源に届けろ、と四郎吉に放り投げ、「借りたものはきちんと返さねえと、よくないことが起こる」と独り言を言って、また座敷にひっくり返ってしまった。


二十三日はこともなく過ぎ、朝からまたじとじとと降り続いている昼過ぎ、兵助が、まっ四角になって庭木戸からやってきた。

新三郎の気性を知りぬいているから、不始末をいたしやしたと、雨でぬかっている庭先に手をつかえ、深々と頭を下げただけである。

「お前さんほどの男が、後ろから薬嗅がされたくらいで気を失うとは思わなかったぞ。いい夢みて寝ていただけですんでなによりだ。ところで、矢のお蔵に棲みつきかけた河童は、どうした」

「今朝がた、小伝馬町の大工の粂吉を、平右衛門町の畳職殺しで、馴染みの女のねぐらでとらまえたと、内藤さまから知らせがありました」

「借りた金が返せなくて、殺しちまったんだろう。河童のせいにして、手前《めえ》もやられたような顔で行方知れずになってうやむやにしようって魂胆《こんたん》だったんだろうが、畳職が貯め込んだ金まで盗んだってのが運の尽きだ」

兵助は、新三郎の顔を見上げ、

「内藤さまのお手柄だということで」と言う。

「うむ。借りたものはきちんと返さねえと、よくないことが起こるっていうからな」

兵助の面にも、やっと笑みが浮かんだ。

そのあと新三郎は画室に入り、この間から描き掛けたままになっている若衆顔の女と職人のからみの下絵を取り出した。

眉の濃い、鼻筋の整った顔だちである。唇だけがふっくり柔らかで、少し締りがない。そのとりとめのなさが、男の好き心を誘うのかもしれない。新三郎は、いっそ素っ気ないような女の歩き方や体の運びを思い出していた。この女は、自分がどうして男を惹きつけるのか、わかっていなかったのではないか。

おこよと河童屋は、すでに夫婦《めおと》の仲になっていただろうから、先夫を殺したのがいまの男だとなれば、女は生きてはいられまい。半右衛門の言葉は偽りだと、河童屋がいかに申し開きをしようとも、一度疑いの生じた女の心は、もとに戻ることはないだろう。

――兄殺しか友殺しか、いまとなりゃどうでもいいことかもしれねえ。たしかなのは、河童があの女に、命がけで惚れ抜いてたってことだ。

「人間ってのは、厭なような、かわいいような生き物さね」

相変わらずの雨の糸を眺めながら、新三郎は一人言を言いながら、ゆっくりと下絵を裂いた。

了

十万石の座敷童子

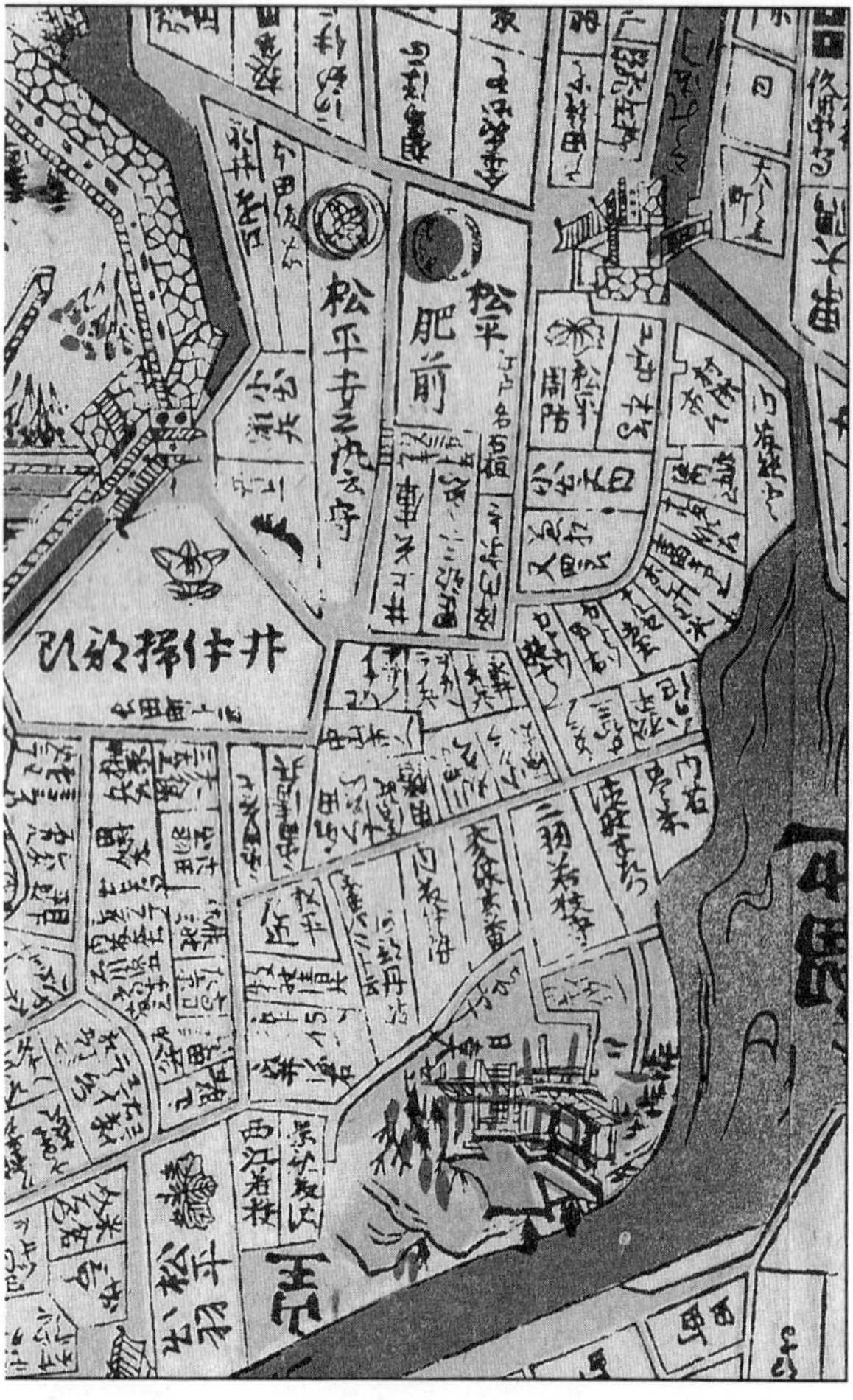
松平肥前
松平安芸守

明地
明地
三丁目
四丁目
五
天神

一

旗本千三百石、御使番《おつかいばん》を勤める藤村新左衛門は、灰色の羽根を朝陽に輝かせ、しきりになにかついばんでは軽やかに動きまわる小鳥の姿を目で追いながら、居室の縁に運ばせた茶をゆっくりと味わっている。

新三郎は昨夜、この親父どのから、本月は非番ゆえ、たまには顔を見せよという書状を受け取った。出火とあれば非番といえども即刻登城の責を負う御使番である。月番の時と変わらず、寝所の枕許には、火事装束が掛けてあるのだ。火のあやまちのおそろしいこの時節に、めずらしいことを言ってくるものだ、どうせ行くならおしまばあさんおきまりの豆腐汁を逃れてやれと、起きぬけに四谷の屋敷に向かい、表台所で里芋と黒豆の汁にありついてから、親父どのの居間に参上したのだ。

秋の日を浴びて、黙って茶をすすっている父の背中を見ていると、ふしぎと心が和《なご》んでくる。武士を嫌って養子の口を断り続け、町絵師になって屋敷を出た新三郎だが、幼いころは、非番の月初め、くつろいだ姿で朝早くに自室の縁先に出ている父を見るのが好きだった。

「その方、座敷童子《ざしきわらし》という怪を知っておるか」

目は庭先に向けたまま、新左衛門が妙なことを言い出した。

「聞き及んではおりますが、まだ出会ったことはありませぬ」

新左衛門は、茶碗を縁におくと向き直った。

「ふむ。で、出会ってみたくはないか」

なるほどと新三郎は合点した。

「父上の仰せとあれば」

「なにもわしは出会えとは言ってはおらぬぞ。十万石を領するさる大名の奥の座敷に、一月ほど前から座敷童子が出没するようになったと聞いただけだ」

「ははあ、奥、ですか――」

いくら出会いたくとも、大名家の奥向きに縁もゆかりもない男が入り込むなど、とうてい出来ぬ相談である。

「その方、奥小姓にはちと老けすぎたな」

非番のゆとりゆえか、めったにない軽口を利く。

「久方振りじゃ。志乃《しの》にも顔を見せてやれ」

新左衛門は用は済んだとばかり、茶碗を取り上げた。

屋敷にいたころあてがわれていた自室に下り、長谷川町にいるように畳に引っ繰り返って天井をにらんでいると、若党頭《わかとうがしら》の久内《くない》が入ってきた。

「殿さまのご用向きはなんでございました」

「どうやら志乃が余計な世話かいて、大名奥向きの取り込みを持ち込んだらしい。奥州で十万石っていったら、なんという家だ」

さて、しばらくお待ち下さりませと下がっていったが、すぐ戻って、

「奥州で十万石は二本松《にほんまつ》、丹羽若狭守《わかさのかみ》さまかと存じます。お屋敷は、永田町でございます」

「親父どののお言葉ゆえ、いたし方なく座敷童子に見参とゆくが、こう見えてもおれも忙しい、働かないと食えない身体だと、おれが屋敷を出てから志乃に伝えろ。ここでとっつかまったら命にかかわる」

承りましたと、久内が笑う。

聞きつけて奥から押し寄せてこないうちに帰るさと、新三郎は立ち上がった。幼少のころ乳母代わりだった老女の志乃は、新三郎第一の苦手である。

麹町《こうじまち》御門につき当たって右に折れると永田町である。若狭守屋敷は、井伊《いい》掃部頭《かもんのかみ》さまお屋敷を入ったところだと久内が言っていた。御三家並みの広大な掃部頭屋敷は、すぐわかる。お城の西の丸のお山から下りてくる秋風が爽やかで、こればっかりはごたごたした町屋《まちや》ばかりの長谷川町あたりでは味わえない。若狭守屋敷の前を通る。十万石だから大大名の格で、二階建ての長屋塀にひしひしと囲まれ、破風屋根の門番所

も厳めしい。

虎の御門に出るつもりで、松平肥前《ひぜん》守屋敷脇の坂道を下る。武家屋敷が並ぶこのあたり、江戸でもことに坂が多い。人一人すれ違えるだけの狭い石段や、雪降りには女子どもが上れそうにない急坂をはさんで、旗本屋敷が塀を連ねている。

曲がりくねった坂を下りて行くと、下から上がってきた女が、新三郎を仰ぎ見て、道を譲るつもりか、立ち止まった。ところがどうしたことか、そのままそこにくず折れてしまった。身なりからみて、武家の奥勤めに違いないが、供の中間《ちゅうげん》一人連れていない。倒れた女を見捨てて、武士が行きすぎるわけにもいかない。

「癪《しゃく》でも起きたか。供はいないのか。奉公先はどこだ」

女は、必死に起き上がろうとしている。

「行く先が近ければおれが肩を貸そう」

またぞろせっかい焼きの悪いくせが出た。

「に、丹羽若狭……」と女が言う。

新三郎は驚いた。

「なに、丹羽若狭守の奥勤めか。屋敷はついそこだな」

女は首をもたげ、やっとうなずいた。

「しばらく待て。屋敷から人を呼んでやる」

大股に坂を上り、若狭守の門番所の格子をたたく。屋敷に帰るというので、憲法色の紗綾形《さやがた》の袷に丁字《ちょうじ》茶の千筋《せんすじ》染めの袴というなりである。まずは無事、旗本の子息に見えたようで、顔を出した番士も、それなりの応対をする。

「この先の坂で、ここの奉公人という女が倒れている。だれか行ってやれ」

出てきた番士が、

「わざわざの御報、忝《かたじけの》うござる。貴殿御姓名は」と訊く。

さすが十万石、倒れた奉公人の安否よりも、こっちの身分が先か、と思ったが、

「旗本千三百石御使番、藤村新左衛門倅《せがれ》新三郎だ。そんなことより、早いとこ行ったほうがいい。息も絶え絶えだったからな」

つい伝法《でんぽう》な口調になる。その間にいま一人の番士が門内に駆け入って、御門警護の若侍が二人、出てきて一礼した。

「ご案内お頼み申す」

急のことゆえ二人の若侍も小走りになる。

肥前守屋敷脇の坂の上に来て見下ろしたが、どうしたことか倒れていた女の姿がない。若侍は、怪訝そうに新三郎の顔を見た。

「たったいま、そこんとこに座り込んでしまっていたんだが」

若侍の顔に、警戒の色が拡がった。

「いくら部屋住みだといって、朝っぱらからつまらねえ虚言《そらごと》でお前さん方を走らせるほど暇でもないぞ。女の姿かたち、着ていたものの文様を言ってみようか」

二人はなおのこと疑わしげな目付きになる。

「こんなことなら、知らぬ顔で行き過ぎるんだったな。情けは人のためならずってのは、昔の話かね」

そこへ、身分がやや上と見える侍が、急ぎ足にやってきた。

「お旗本の息藤村新三郎どのといわれまするか。若狭守使番佐竹欣次郎にござる。当家奉公の女が倒れていたとのことでござるが」

「それがいま来たらいなくなっちまったのさ。坂を上がってきた女が、急に倒れたんで、どこの奉公人だと聞いたら、きれぎれに丹羽若狭と言った。まんざらの仮病とも思えなかったが、この連中に胡散《うさん》臭げに見られてかなわねえ」

面倒になって、いつも通りの口の利きようになる。

「せっかくのご好意、まことにご面倒ながら、いま一度、屋敷までご足労願えませぬか。上役に通しまするゆえ」

佐竹という侍は、頭を下げた。

「せっかくだが、今日はちょいと先に要用を抱えている。妙な疑い掛けられても始まらねえから、なんかあったら長谷川町の絵師藤村と聞いて来い」

言い捨ててきびすを返した。

そのまま坂道を山王下《さんのうした》におりて、客待ちの駕籠に長谷川町と言いつける。

二

庭木戸から入って縁先に上がると、小僧の四郎吉が出てきた。

「お屋敷のご用はなんだったんです」

「師匠が帰ったんだ、お戻りなさいましくらい言えねえか」

「いたと思うといなくなって、また急に帰ってくるんだから、いちいちそんなこと言ってられませんよ」

「それにしては、よくおれが縁の板に足をのせたとたんに出てこられるな。まるきりからくり仕掛けだ」

「ずっと気に掛けてるからですよ、弟子の心師匠知らずだ」

「そいつはありがたい。そのうちに町役に届けて、師匠孝行で銭一貫文を貰ってやろうさ」と言いながら着替え、「ところで六兵衛はどうした、今日はまだ来ねえのか」と聞く。

「来ないはずないじゃありませんか。もう半月も組物の下絵を渡してないんですからね。お殿さまからお文《ふみ》がきて、お屋敷へお出かけだって言ったら、あしたまた来るって言ってましたよ」

「あの物好きが明日まで我慢できるか。今日のうちに屋敷の用事がなんだったか聞きに来るさ」

新三郎が毒づいていると、案の定表口に聞き慣れた声がした。小僧が出る前に、小むずかしい顔つきで六兵衛が座敷に押し入ってくる。

「呼ばば誘《そし》れとはいったもんだ」

「なんとおっしゃっても結構ですが、組物の思案はおつきなんでしょうね」

「無理にまともな顔をすることはねえ。屋敷の用事は気にならねえのか」

六兵衛は、とたんに顔つきをくずした。

「いえね、お殿さまがお呼びだっていうから、きっとなんかあったに違いないと……」

「お前さん、座敷童子ってのに出くわしたことがあるかね」

「座敷童子、ねえ――」

さすがの六兵衛も、とっさには言葉が出てこない。脇から四郎吉が、うれしそうに首を突っ込んできた。

「どこに出たんです。奥州にしかいないって『百物語』に書いてあったのに」

いまにも見に出かけそうになる。

「お前さんのような見物人が押しかけるとうるさいから、人には教えたくないらしい。さる十万石大名の屋敷の奥だそうだ」

　すると六兵衛が乗り出した。

「ひょっと丹羽若狭守さまですか」

　これには新三郎が驚いて、お前さん今朝なにを食ってきたと言うと、

「なに、いつもとおんなじ、目ン玉浮くようなお店《たな》の味噌汁ですがね、奥州にしかないってなら、下屋敷のお長屋に絵草子を入れさせていただいている丹羽さまが十万石ですから」とあっさり言う。下屋敷は長者ヶ丸の教学寺の真ん前だそうである。

「たいそうお美しいお部屋さまがおいでだそうで」

「お部屋さまってのは、おおかたたいそうお美しいものさ。大名でなくたって、だれが好き好んで醜女《しこめ》を囲うね」

「そういやそうですねえ」

　六兵衛は、いたく感じ入った。

「でも、なんだってまたお大名の奥に座敷童子が出るんで」

「二本松の国許なら知らず、お江戸に座敷童子が出たなんて話は、四郎吉でさえ聞いてねえようだ。おおかた奥向きの女の悪戯《わる》さだろうよ」

　なるほどねえと六兵衛がもう一度感心したとき、表が騒がしくなった。

たいそうなお乗り物だねえと、隣家の姑のうわずった声が聞こえたときにはもう、小僧の姿が消えている。

「芝居に出てくるような女の人が来ますよ、親方、どうします」

駈け戻って、わけの分からぬことを言う。

「ははあ、もう来たか」

新三郎が言っていると、

「藤村新三郎どののお屋敷はこちらにござりまするか」

しわがれた男の声がした。いつもなら藤村はここだがお屋敷じゃあないと力みかえって出ていく四郎吉が、出はぐっている。仕方なく新三郎が四郎吉のお株を取って、

「たしかに藤村だが、屋敷じゃねえから取次役は置いてねえ。用があったらさっさと上がってこい」

座ったまま怒鳴る。

こんどは先方が出はぐったらしく、あとのせりふが出てこない。六兵衛が気を利かせて立ち上がった。

表口の格子をはさんでなにやらやり取りしていたが、丹羽若狭守さま奥勤めの、桂木さまとおっしゃってますがと戻ってきた。

「志乃の遠縁っていうお女中さまだろう。さっさと入れと言え。町方の路地で、それ

こそ芝居みてえに勿体《もったい》つけていられた日には、近隣の迷惑だ」

六兵衛の案内で、小僧の言う芝居に出てくるようなお女中が、若い女を従えて入ってきた。

香色《こういろ》に枯色や梔色《くちなし》で菊流しを染めた打掛けに、小袖は薄香《うすこう》色の、無文《むもん》に見えるほど細かに織り出した花菱つなぎという存外地味な着付け、髱《たぼ》の短いぼってりとした御殿風の島田髷《まげ》に、幅広の元結を掛けている。色白のふっくりとした面持ちなので若く見えるが、身なりからいって、それなりに年齢《とし》はいっているのだろう。

「突然に推参いたしましたる御無礼、なにどぞ御寛恕《かんじょ》願わしゅう存じまする。わたくしはお志乃さまの……」

新三郎が手を振った。

「挨拶は抜きにしてくれ。ただでさえ日が短けえんだ、名乗ってるうちに屋敷に戻る刻限が来ちまったらおたがいどうにもならねえ」

桂木という女中は、新三郎の気性を志乃から伝え聞いてでもいるのか、

「それなれば、まっすぐお話申し上げまする。が……」と、六兵衛とその後ろでかしこまっている四郎吉を見返る。

「この二人なら心配はいらねえ。おれの身内だ。この連中がいないと、化け物退治もままならねえのさ」

桂木は口もとを袖でおおって、おっとりと笑った。

「初めてそのようなものが出ましたのは、月見の夜でございました」と、ゆるゆる話し出したのは、かいつまんでもかなり長い。

十五夜の行事は、奥の楽しみの一つだから、奥方さまも広縁にお出になり、日ごろは下のものに笑顔も見せない身分の高い女中方も遅くまではしゃいで、かれこれ四つ半近くに奥方さまが御寝所にお入りになったすぐに、どこかで悲鳴が聞こえ、大騒ぎになった。十五夜は御寝所のほかは灯をともさず、手燭だけで用を足すしきたりになっているので、座敷は薄暗い。あちこち探して、ようやく中奥に近い座敷の入り口に、お次の女の一人が気を失って倒れているのが見つかった。

手当して息を吹き返したが、手燭片手に片付けものをお台所に運び込もうとしていると、畳廊下の先を、子どもが歩いている。妙だと思ったとたん、その子どもが振り返ってにっこり笑ったので、驚きのあまり気を失ってしまったという。

「ちょいと待て。丹羽さまお屋敷の奥の台所というのは、中奥に近いところにあるのかね」

大身《たいしん》の大名家の上屋敷には、公の場である表と、女たちの住む奥との間に、当主が日常生活を送る中奥があるが、武家の生活の中での男女の暮しの場の区別は実に厳重だから、商人《あきんど》たちも出入りする奥の台所が、主《あるじ》の住まいである中奥近くにおかれている大名屋敷などあるはずがない。

「めっそうもございませぬ。中奥近くに、お次の女が近づくことなど、許されませぬ」

「それなのになんだってまた、台所に向かったお次が、中奥に向きを変えたんだ」

「そこのところからしてわかりませぬ。本人は、まるで覚えがないと申すのみでござりまするゆえ、咎《とが》めるわけにゆきませず……」

桂木は、ため息をついた。

「それからは、酉《とり》の刻《こく》過ぎになると、おりおり奥のお座敷に座敷童子とやら申すものが出るようになりました」

「ふうむ。で、どんな格好をしているんだ」

「身の丈は一尺五寸ほど、童髪《わらわがみ》に、京人形のような着付けにござりますそうな」

「桂木どのも見られたのか、その座敷童子とやらを」

「わたくしは見ておりませぬが、お末どもが怖がりまして、ご奉公もおろそかになりがちでござりまして……」

「それでこのおれに、いったいどうしろと言うんだ」

「まことに厚かましき儀ながら、ぜひに座敷童子の正体をお見届け下されまするよう
――」

桂木は、畳に手をついた。

「座敷童子の正体見届けて、退治しろっていうのかね」

「いえいえ、座敷童子というのは、お家繁盛の時に出るものとか、なにも悪さはしないものゆえ、退治は……」

「それじゃ生け捕れってことか」

「別段、生け捕っていただかなくとも……」

桂木は、相変わらず鷹揚《おうよう》にかまえている。新三郎は、ため息をついた。

「まったくわからねえな。正体見届けたところで、化け物は所詮化け物だろうが。だがまあいい、いっぺんくらいは座敷童子ってのにお目にかかるのも悪くもないだろうよ」

新三郎の言葉に、やっとのことで桂木は帰って行った。

「おなじお女中さまでも、朝っぱらから表台所へやってきて、わさわさ騒ぎ立てる志乃とは大違いだ。やはり十万石と千三百石との開きかね」

やれやれ肩の凝るこったと、畳にひっくり返る。

「親方、座敷童子を見に行くんですか」

お女中さまのお乗物が路地から出て行くと、早速に小僧が乗り出す。

「桂木ってお女中のお話承っていると、ほんとうに座敷童子が出たように思えてきた。どうでもこれは出かけてみないことにはなるまいよ」

「けど、お大名の家って、すごく固っ苦しいっていうから、親方大丈夫ですか」

四郎吉が、心底心配そうな顔をする。

「なにも奥勤めに出ようってんじゃねえから安心しろ」

四郎吉はなにかいいたそうだったが、それでも感心に画室に入り、今朝方六兵衛が持ってきた「金平二度功名《きんぴらにどのこうみよう》」の浄瑠璃本の色つけにかかった。

「ところで六兵衛、お前さんの地獄耳は十万石にも届くかね」

ひっくり返ったままま、新三郎は六兵衛に聞く。

六兵衛は、とたんに相好崩して、

「十万石であろうが百万石だろうが、お江戸の中なら届かないところはないってのが、自慢の耳で。暮れ六つまでには、丹羽さま奥向きの噂をたっぷり仕入れて参りますよ」

言ったかと思うと、消えてなくなった。

さっそくに座敷童子の御利益《ごりやく》が出た、六兵衛さまが組物の催促忘れてくれたぞ、と言って起き上がると、文をしたため、

「やい小僧」と怒鳴る。

画室から四郎吉がふくれて出てきた。

「怒鳴らなくったって、聞こえてますよ。ここはお屋敷じゃないんですからね」

「そいつはこっちで言うせりふだ。屋敷なら奉公人が気を張って控えているから、い

くつ部屋を隔てていたって怒鳴る必要はねえのさ。こいつを佐野源に持って行け。帰りに浄瑠璃芝居の道草食ったら、今夜の飯は抜きだ」

食いたくったっておあしがないって、毎度おんなじこと言うのにくたびれちまう、と小僧はぼやきながら出て行った。

——童髪に京人形の着付け、身の丈一尺五寸か。

つぶやくと新三郎は、画室に入った。

二、三枚、そんなような姿を描いていたが、そのうちに、今朝方消えてなくなった女中の顔を一枚描いて棚にのせると、奥に入って着替え始めた。薄鼠《うすねず》に竜田川を線描きした袷で出てきた新三郎は、さっき描いた丹羽若狭守の女中の似顔絵を懐に入れる。

佐野源から戻って来た四郎吉が、また出かけるんですか、六兵衛さんが来たらなんて言えばいいんです、とぼやく。

「六兵衛さまだけ働かせて家にごろごろしていては、あんまりすまねえから、ちょいと仕事をしてくると言っておけ」

言い捨てて庭木戸から外に出た。

三

明け六つが鳴るか鳴らないかに長谷川町を出て四谷の屋敷に行き、午《ひる》すぎに帰ってきて、一ッ《い》時《とき》そこそこでまた出てきたのだから、小僧があきれるのも無理はない。いくら親父どのの仰せだといって、朝っぱらから子どもだましの座敷童子で駈けずりまわっているのだから、まったくおれも物好きさ、と苦笑いして佐野源に入る。

店先にいた兵助もびっくりして、いましがた四郎吉どんからお文をお預かりしましたので、すぐにお屋敷にお届けいたしましたが、なにか急なことでも、と言う。

「なに、座敷童子を養っているお屋敷を見てみたくなったのさ」

「永田町へお出かけで……」

「いや、下屋敷だ。六兵衛のお店《たな》のお得意で、長者ヶ丸ということがわかったから、行けばおおかたの見当はつくだろう」

すぐに呼んだ佐野源出入りの駕籠脇に兵助がついて、日本橋から目抜きの通りを銀座新橋と走り、芝増上寺の裏を抜けて青山宿《じゅく》に入る。

駕籠は教学寺の門前に待たせ、いかにも中間を供にした部屋住みといった顔で、兵助を従えて歩く。このあたり、大名下屋敷や役方の組屋敷に寺もあって、一側《ひとかわ》裏は一面の田圃《たんぼ》、武家屋敷ばかりがぎっしりと塀を連ねている四谷麹町とはまた違った、長閑《のどか》な趣である。

若狭守下屋敷の大銀杏《おおいちょう》がみごとに色づいて、やわらかな秋の陽ざしに黄金色に輝いている。しばらくぶらぶらと屋敷のまわりを歩いていると、裏門から中間らしい男が出てきた。懐から例の女中の似顔絵を取り出し、兵助に手渡す。兵助は男に近寄って絵を見せ、二言三言言葉を交わし、男の手になにがしかを握らせて戻ってきた。

お部屋さま付きの女中に、こういう顔の女がいるそうでと言う。十万石でも下屋敷なら、奥表の区別も上屋敷ほど厳重ではないから、中間小者でも奥向きの女を見知っていることもあろうと思った通りだった。

「たいそうお美しいお方さまってのにお目にかかりたいものだが、そううまくはいくまい」

そこへ、向こうから徒士《かち》と女中を従えた女乗物が二台やって来た。

足を止めて見ていると、門の前で止まった乗物の引き戸が開いた。女中が近づき、履物をそろえる。空色の地に、紅色や桜色の菊の大模様、袂や肩には紅鹿子《べにかのこ》の絞り染めをほどこした打掛けの女が出てきた。小袖は白地に銀糸で細やかな縫い取り、文様までは見て取れないが、色数を押さえた佳《よ》い好みである。忍び歩きだったのか、白絹で面を包んでいるので、顔は見えない。後ろの乗物の脇に付いていたのは乳母であろう、幼い姫を抱きおろした。打掛けの女は姫の手を引いて、門内にゆっくりと入って行く。

　新三郎は、さりげなく表門に歩み寄った。門内は、玄関までのゆるやかな上り坂の左右を、楓の紅葉があざやかに彩っている。そぞろ歩いてこの景を見るため、門前で乗物を下りたのだろう。

　気絶しかけた女が下屋敷勤めとわかった上に、お方さままで垣間見《かいま》できたんだから、青山まで来た甲斐があったというもんだと、教学寺の門前で駕籠に乗って長谷川町に戻った。

　案外と早く片がついたので、七つにもなっていなかったのに、もう六兵衛が座り込んでいる。

「いい案配に、例の高家の石橋さまのご隠居さまがお見えでしてね、それとなしに持ち出しましたら――」

　六兵衛は、ほたほた顔である。

　高家の石橋の隠居は、無類の絵草子好きで、六兵衛のお店《たな》山形屋の上得意なのだが、山形屋が大奥に絵草子を入れるのにあたって口を利いてくれたとき、とんでもない事件にかかわってご遠慮となり、代を譲って暇になったので、いっそうしげしげと山形屋にやってくる。なにしろ大名諸家の内輪に通じている高家のこと、六兵衛にとっては、この上ない噂話の仕入れ先なのである。

その石橋の隠居の話では、丹羽若狭守は、ご正室にはいまだお子がなく、下屋敷に町方からあがったおひろの方という側室に姫が一人、二本松のお国御前にも姫一人いるそうである。

「ご正室はまだお若いのか」

「ご婚儀は、五年前の春だということですが……」

「また高家ってのは、おっそろしく物覚えがいいんだな。大小名三百余家の冠婚葬祭の日取りを、みんな諳《そら》んじているのかね」

「高家は物覚えでご奉公しているんだって、いつかご隠居さまが仰せになってましたっけが、丹羽さまのご慶事を覚えておいでなのは、特別のご挨拶があったとかなんとかじゃないでしょうか」

「なんだ、その特別の挨拶ってな」

「いえ、別段、そうおっしゃったわけじゃないんですがね、その、ほれ……」

「ははあ、婚礼の祝儀の付け届けが多かったってことか」

「まあ、そんなことじゃないかと――」

高家は、儀典万般にわたって心得ているから、大小名は面倒なお役を仰せつかったときのために、なにかにつけて付け届けを怠らないと言われている。

ご婚儀が五年前だとすると、ご正室に跡取りが生まれないときまったわけでもない。

「今年は若狭守は在国だな」

「よくご存じで」

「あるじが在府だったら、表勤めの家臣の数も多い。縁もゆかりもねえ町方暮らしの旗本の小せがれを、奥に入れたなんてことが表方に知れれば、奥取締り不行届きで、老女以下押籠《おしこめ》か謹慎という目に遭うだろうさ」

そんなもんですかねえと、六兵衛が感心する。

「お大名の奥の退屈しのぎにつきあっていた日には、いっそう仕事が滞って、お前さんのお店での居心地も悪くなるだろうが、親父どのの仰せだ、一度だけ座敷童子にお目通りしたら、組物にもかかろうさ」

六兵衛は、なんとかそう願いたいもので、と言って、帰っていった。


翌朝、おしまばあさんが、隣長屋の女房にもらったといって、めずらしく浅蜊《あさり》汁をこさえたので、四郎吉と二人、一心に貝の身をせせっていると、門口にしわがれ声がした。四郎吉が出ていくまでもない、昨日のお女中の供の男である。

「また馬鹿に早いな。六兵衛の朝駈け顔負けだ」

新三郎は箸をおくと奥に入り、藍鼠《あいねず》の唐花《からはな》亀甲の上に、紅色の唐花を飛び模様に染めた袷、帯は唐花の萼《がく》とおなじ媚茶《こびちゃ》というなりで出てくる。四郎吉がつくづくと見て、今様《いまよう》ですねえ、けど吉原《なか》へ行くんじゃないんですよねと言う。新三郎は苦笑して、

「吉原じゃねえが、初会だから張り込んだのさ」

四郎吉の目が輝いた。

「座敷童子に会いに行くんですか」

「首尾よくつかまえたら、お前さんのみやげにしようが、今日行ってすぐってわけにもいくまいさ。まずはお目見得だ」

言い捨てて大小を差し、懐には、常に持ち歩く仕込み筆の入った大ぶりの矢立てを放り込んで表口に出る。

四

つい先の辻に、昨日と同じ結構なお乗物が止まっている。ご無礼ながらとしわがれ声がいうので、遠慮なしに乗り込んだ。女乗物は初めてだが、香油や白粉の匂いが残っていて、なんとも女臭い。がまんして首を曲げて座り込む。薄いが敷物も敷いてある。

登城の行列で大混雑の堀端を避けて、柳原土手をゆるゆると進んで行く。この分で

は永田町にたどりつくのは午《うま》の刻《こく》にもなろうかと思ったら、急に腹が減ってきた。浅蜊《あさり》の身をせせるのにかまけて、飯は半分も食べていなかったのだ。まさかに朝飯を食いなおすから四谷の屋敷に立ち寄ってくれとも言えず、あきらめてのったりした乗物の揺れに身を任せているうちに、ついとろとろとしたらしい。

「ご足労をお掛けいたし、ご迷惑の段、重々おわび申し上げまする」

しわがれ声で目が覚めた。乗物が止まって、一昨日《おととい》叩いた表門の潜《くぐ》りが開いている。

あのときとは違って、若侍が丁重に導いていく。

よほどにご内証ご裕福と見え、庭の造りも結構この上ない。下屋敷とおなじように楓の紅葉の真盛りで、築山の陰の土塀の潜りを抜けると奥になる。

奥勤めの侍の詰所である広敷《ひろしき》の式台で待ち受けていた中小姓が、ひとまずこれへ、と取り次ぎの間に案内した。座につくとすぐに、初老の侍があらわれ、手をつかえて挨拶する。

「丹羽若狭守家臣にて、奥方さまお側のご用を勤める芳賀源左衛門でござる。このたびは埒《らち》もない騒ぎにてお呼び立てをいたし、まことにお恥ずかしゅうござる」

こちらはたかが千三百石、それも無駄飯食いの三男で、向うは年長の上に、十万石の奥を仕切るとなると、親父どのより禄高も多いかもしれないが、陪臣《またもの》だから、丁重な物言いである。町場だったらいつも通りに、挨拶は抜きにしてくれと言うところだが、大名屋敷の奥に通ってしまった以上いたしかたなく、「御使番《おつかいばん》藤村新左衛門倅《せがれ》新三郎と申す。お女中桂木どののお申し越しにより、参上仕ったが、なんのお役にも立つまいと存ずる」

こっちも日ごろにもない言葉遣いをしたが、相手との分限を計らい損ねた気もする。源左衛門は、大仰《おおぎょう》にみえるほどに手を振って、

「いやもう藤村どの、この、奥勤めと申すは、実にたいそうなものでしてな、お気楽なお身の上、つくづく羨ましうござる」

振った右手で月代《さかやき》を撫で上げた。言葉に奥州訛があって、実に、が、ずつに、と聞こえる。第一、ふずむらどの、と言ったようだ。

「女性《にょしょう》ばかりのお相手は、さぞ気骨の折れることとご推察いたす」

「あつら立てればこつら立たず、毎日がもめ事の仲裁で日が暮れるのでござるよ。それがまあ、愚にもつかぬ事ばかりでござってな」

初対面の新三郎にこぼすのだから、よほどにうんざりさせられているのだろう。源左衛門は、思い出したように、

「いや、奥方さまがお待ちかねでござる。こうお通りなされい」

古風な案内の言葉を口にして、手を延べた。入り口に控えていた小姓が先に立つ。

薄暗い中廊下を通り、杉戸の前に出た。四季に差し替えるのだろう、あざやかな楓と

乱れ菊が狩野の筆致で描かれている。杉戸前には奥小姓が座していた。薄化粧した顔を上げてちらと新三郎を見、すぐに平伏して、

「お越しにございます」と、まだ少年の声で言う。なるほどおれは奥小姓には老け過ぎだ、と妙なところで感心していると、杉戸が明いて、一瞬に目の前が開けた。

広い庭に重なり合うように築いた築山が見事な紅葉で、ところどころに黄色い葉がまじっているのが一段と華やかな趣である。

広縁に、七八人の女中が平伏している。さすがの新三郎も、ちょっとたじろいだ。だいたいが大名家の奥などというところは、たった一度だけ、奥平美作守《みまさか》屋敷の奥庭に入ったことがあるだけで、着飾った女中たちに迎えられるなど、これから先もそうあることとは思えない。

杉戸際に座していた年長の女が立って案内する。新三郎が通りすぎると、さわさわと衣ずれの音といっしょに女どもが立ち上がり、後に従う。その視線が背中に張りつくようで、どうにも心地がよくない。広縁の角を二つほど曲がった。

「奥方さま御前にございます」

先導の女中が膝をついた。延べで三十畳はあろうかという部屋に、十五、六人もの女たちが居流れている。一番奥に上段の間があって、奥方さまがゆったりと座しておられた。

当主が女たちの機嫌伺いを受けたり、内宴を張ったりする座敷らしい。

やれやれ、こいつは小僧の言う通りだ、物好きもいい加減にするんだったぞ、と弱気になりかけたところに、案内の女が、お越しになられましてござりまするると、敷居際に手をつかえた。

新三郎も、思わずそのうしろに膝をつく。

「どうか、そのまま、そのまま」

聞き覚えのある声が上座から聞こえてきた。昨日長谷川町にやってきた桂木のようである。

そのままといって、突っ掛けて奥方さまの前に座り込むわけにもいくまい。とりあえずは小腰を屈めて一間進み、敷居の手前に膝をついて顔を上げると、とりどりの打掛け姿の女たちの白い顔がいっせいにこちらを見る。これはしまったか、と頭を下げようとすると、

「こちへ」

奥方さまじきのお声がかかった。

軽く手をついてから立ち上がろうとして、はっと思いついた。身分の高いお方に、こちへとか近うとか声をかけられても、つかつかと立って行ってはならない、形ばかりにじるのだと、大昔に教わったような気がする。

とりあえず両膝の脇にこぶしをつき、にじる形をする。

「こちへ、いらせられませ」

一番上座の女が声を発した。

だんだん思い出してきた。二度声をかけられたら、敷居際まで寄ってもよいという。

「そこではお話が通りませぬ。どうぞ、お前近くに」

三度勧められて初めて、御座の間に入る。家臣なら膝行《しっこう》するのだが、まあ、いいだろうと、小腰を屈めて進んだ。

居並んでいる女たちの顔が、新三郎の動きに連れて操り人形のように少しずつ揺れる。

真ん中あたりまで進んで膝を折り、こぶしは両膝の脇に、目は一間ほど先に落とす。

——親父どのに朝の挨拶をするくらいでいいだろうさ。

思っていると、

「新三郎どの、よいお召しを召されておいでになりますなあ。それはただいまの町方の好みなのですか」

とんでもないお言葉が降ってきた。

小僧にも今様だと褒められたばかりで、とあぶなく言いかけて、

「町方住まいの礼儀知らず、下様《しもざま》の風にて、ご無礼を仕りました」

一応、上座の女に向って言う。

「お直《じき》に」

女が、手のひらを向けた。

「わたくしもそのような色柄を着てみとう思いますが、ままなりませぬ。それは、唐《から》花文《はな》というのですか」

思いがけない話になってしまった。

「そのようで」

奥方がくだけて話しかけるから、ついいつもの口調に近くなった。

「新三郎どのは絵をお描きになられると聞きました。わたくしの着るものの下絵を書いていただけませぬか」

ますます妙なほうに話が行く。

「わたしの描きますのは――」

まさかに枕絵だともいえず、「町方風の戯《ざ》れ絵で、奥のお好みには合いますまいと存じますが」

「よいのです、かねてそういう好みを着てみたいと思っておりました」

「承りました。が、日限をお切りいただきますと、出来かねる場合があるかと存じます」

いつも通りに言う。こんどは代わって上座の女が答えた。

「お気の向かれたとき、お描きくださりますよう」

奥方は鷹揚《おうよう》にうなずいた。

上座の女が奥方の方を見て、手をつかえる。

奥方は、すっと立ち上がった。

女たちがいっせいに平伏する。新三郎もあわてて手をついた。

ざわざわと衣ずれの音とともに、白粉の香、髪油の香が湧き上がり、新三郎は覚えず、うっと息を止めた。

——なるほど奥勤めというのは、たいそうなものだ。

吉原の座敷のほうが、まだしも女臭くないと、新三郎がつい不謹慎なことを思ったとき、すぐそばで桂木の声がした。

「藤村さま、座敷童子が出ましたるところをば、ご案内いたしまする」

やれやれと立ち上がって、こんどは桂木のあとをついてゆるゆると広縁を抜け、中廊下に入る。どこへ行ってもやたら女に出会う。おまけにだれもが膝をついて二人をやり過ごすから、その度に薄暗い廊下で裾を踏みそうになり、厄介この上ない。

やっとのことで、広い畳廊下に出た。桂木はその中ほどで立ち止まって、

「このあたりで、初めて座敷童子に出会ったというお次が倒れておりましたそうな」

向うを指す。

「あの先が中奥でござります」

十間ほど先に、大きな鈴が下がっている杉戸が見える。お鈴口というのだろう。当主だけの出入り口だと聞いている。女が一人、座っているのは、お錠番であろうか。

「その時お錠番はいなかったのかね」

桂木一人になったので、つい気が緩んでいつもの物言いになった。

「殿さまご在府の折は、四六時、二人のお錠番がおりまするが、ただいまはご在国の上、あの節は無礼講の月見の宴でござりましたゆえ、だれもおりませなんだそうにござります」

「そのあとも、座敷童子が出るのは中奥近くかね」

「奥方さまお居間近くや、女中の局《つぼね》あたりで見かけたということは聞きませせぬ」

「で、若狭守さまは、中奥にご側室がいるのかね」

だんだんといつもの調子が出てきた。

「そのようなことは、聞き及んではおりませぬが」

突然話が変わっても、特別に驚いたようすもなく淡々と答えるのは、さすが奥勤めである。

「殿さまご在国の時、中奥にはどれほどの人数が残っているのかね」

「表方のことゆえ、しかとわかりかねまする。広敷ご用を勤めまするものに尋ね合わせまする」

おっとりと言う。

「そっちから話を通しているうちに、殿さまが出府されてしまうさ。帰りがけに芳賀どのに伺うから、気にするには及ばねえ」

しっかり意味が分かったかどうか、桂木は黙って会釈した。

五

ようように解放されて広敷に戻ると、源左衛門が待ち受けていて、用人部屋の隣座敷に案内した。客座敷らしいしつらえなど、なにもない。

「このようなところでご無礼ではござるが、だいたいが広敷《しろすき》は、お客人をお迎えするなどいうことがありませぬでな」

それでも若侍が茶を運んで来る。

「芳賀どののお気疲れ、わかり申した」

座り込んで新三郎が言うと、源左衛門は、得たりとばかり膝を進め、

「で、ござろうがな。ここのお勤めは年寄り役じゃといって、去年まで物頭《ものがしら》を勤めて

おったのを、無理やり引っ張り出されましてな」

奥の勤めは、大奥ばかりでなく大方の大名家でも、六十歳以上か小姓だけだということは、新三郎も聞いていた。

「第一、化粧の香がきつく、頭がじんじんして閉口いたしした」

新三郎が本音を吐くと、源左衛門は、

「それそれ、わしも初《はず》めのころは、お長屋へ戻ると食が喉を通らず、げっそりと痩せ申した」

かっかっと笑った。国許で物頭といえば、武方の役である。いかにも朴訥《ぼくとつ》、女相手は向かないように見える。

「ところで芳賀どのは、この度の馬鹿騒ぎ――」と言ってしまってから、「いや、これはご無礼、奥の騒ぎは、いったいなんのために起ったとお考えで」と、訊ねた。

源左衛門は、新三郎の言い損ないにも、なんのという風に手を振り、

「ずつは、ざすきわらす座敷童子と奥のおなごどもが騒ぎ出したとき、お国許の殿さまお耳に届いたればまったくもって不面目、この歳してざすきわらすなんどで腹切るのは御免被りたいと思いますてな、すあんの挙句《あげく》、いつぞや、桂木が、ふずむらどのご老女の遠縁じゃと、ずまん話しておったのを、思い出しましたのじゃ」

気を許したか、ますます訛が出てくる。なるほどこの用人どのの知恵で、親父どの

まで狩り出されたのかと、改めて源左衛門の顔を見た。

かなり使えると見えた。奥勤めにこのような男を使うなど、いかに泰平の世といえあまりにもったいない。武方の男を、わざわざ国許から呼び寄せて上屋敷の奥取締りの役を命じたのは、なにかの思惑が重役たちにあったのだろうか。

「立ち入ったことを申すようなれど、奥方さまにはまだお子がおありにならぬご様子、お跡目のほうは」

「いや、まだまだ殿はお若く、ご健勝じゃ。それに奥方さまもお若い。ご重役《ずうやく》方も、なんのすんぱいもなされてはおられぬようじゃで」

といって、人の命は老少不定である。殿にもしものことがあって跡継ぎが決まっていないとなれば、よほど重役に腕がないと、お取潰しにならないでもないだろう。

「お国許の姫と、お下屋敷の姫とは、どちらがお年嵩《としかさ》でいられます」

源左衛門は、一瞬ためらいをみせたが、すぐに、

「お年でいえば、おない年じゃが、おすもやすきの影姫さまが二月、お国許の松姫さまが四月のお生まれじゃによって、影姫さまがお年嵩ということになろうかのう」

参勤交代をはさんで、江戸と国許の女が同時に身ごもり、同じ年のお子が生まれるというのは大名家ではめずらしくない。

新三郎は、昨日下屋敷の門前で見かけた幼い姫の姿を思い浮かべた。だが、いかに

劣り腹とはいえ、大名家の姫にふさわしいとは言えぬ名である。

「影姫さまとはまた変わったお名――」

「ううむ。おしろの方さまのたってのごえこうでな、殿さま初めてのお子ながら、ご正室さまのお子さま方の表には立たぬと、お名づけになられたそうじゃが」

ご回向《えこう》と聞こえたのは、ご意向だろう。

「おひろの方さまは、町方のお出と漏れ聞いておりますが、お里方はどのようなお家柄で」

「銀町《すろがね》二丁目に店を構える黒埼権左衛門という柄巻師《つかまきす》の娘であったが、行儀見習いに桂木どのに奉公しておったときに、殿のお目に止まってお手がついた」

「なるほど桂木どのの奉公人でしたか」

奥女中のお次として行儀見習いに大名家に上がる町方の娘は、本来殿さまのお目通りはかなわぬのだが、主人の女中が故意にお目に止まるように仕組むことがあるという。

「座敷童子というのは酉《とり》の刻《こく》過ぎぬと出ないと聞きましたが、そうなると、宿直《とのい》でもせねばなりませせぬ」

縁もゆかりもない他所《よそ》ものに奥の宿直をさせるなど、ありえなかろうと思って言ってみたのだが、源左衛門は、こくりこくりとうなずいて、

「ご迷惑千万とは存ずるが、どうか今夜にても――」
いかに殿ご在国とはいいえ、あまりのさばけ方に新三郎のほうが心配になってきた。
「とはいえ、どのような名目でもかまわぬ。それそれ、奥方さまお召す物のすた絵は、町方の屋
「名目などはなんでもかまわぬ。それそれ、奥方さまお召す物のすた絵は、町方の屋
敷では描けぬゆえというのはいかがでござろうな」
奥方さまお好みの下絵を描かせるとて、新三郎お目通りの段取りを取ったのだろう
が、実直そのものに見えるこの用人ですら、うまいこと相手を巻き込んで行く奥とい
うところは、聞き及んでいた通りなかなかに油断がならない。
「承知いたしました。ところで、昨日の朝方より、お下屋敷のお女中が一人、いなく
なったというような話はお耳に入ってはおりませぬか」
尋ねてみたが、案の定、源左衛門は首をひねって、
「はて、お下屋敷《すも》のことは不案内じゃが、なぜそんなことをお聞きなさる」
新三郎は、昨日の顚末《てんまつ》を話した。
「のちに思うに、心の臓の持病があると、上り坂で息切れして動けなくなるが、しば
らく休むと元どおりになるとか、そんなことだったのかもしれませぬが」
源左衛門は、太短い眉を上下させた。
「なに、心《すん》の臓の病《やまい》とな――」

「お心当たりがおありでござるか」

源左衛門は、あわてたように手を振り、

「いやいや、お下屋敷の女子衆など、まったく存ぜぬで。そんな病があると聞いて驚いただけじゃ」

新三郎は、それ以上は聞かず、

「では、本日はいったん下がり、明日改めて絵筆など持参の上、宿直に上るといたしますが、初めて座敷童子に出会ったお次の女に、話を聞いて参りたいと存じますが」

と言うと、源左衛門は、

「いやそれが、あまり怖い目にあったと言って、宿下がりしてしまいましたそうな」

「それは残念な。宿元《すら》はどこでござる」

「はてと、ただいま調べさせます。暫時《ざんず》お待ちを」といって手を打ち、下役を呼んだ。

「若年寄梅木さま付きのお末として奉公に上がったおよしという女で、請け人は新橋の口入れ屋安達屋五右衛門、親元は新橋竹川町地《じ》唐紙師《からかみし》の入江作兵衛、上がりましたのは本年三月の出替り、八月十九日をもって、気鬱の病のため下がっております」

若い下役は帳面を見ながらすらすらと言う。これは訛らない。親の代から江戸勤番なのだろう。奥勤めでも六十以上とは限らないではないかと新三郎は思いながら、

「若年寄梅木さまといわれるのは、お国許のお生まれで」と聞くと、源左衛門は半白

の眉をまたちらりと動かし、

「梅木どのは、国許年寄《とすより》海野左衛門どののご息女じゃ。よって、国許の生まれじゃな」

「お国家老さまは、なんとおっしゃるお方で」

「秋野左衛門さまとおっしゃってな、ご立派なお人柄《すと》じゃ」

なるほどこの用人は、国家老の信任が厚いのだろう。

「奥方さまは、いずれのお家からお輿入れなされました」

「越後《えつご》高田《たかだ》稲葉正通さまのご息女でいらせられる」

越後高田は、同じく十万石余だが、いわゆる越後騒動のあと、稲葉正通が小田原藩から移封されるまで、大名が代わり合って勤める在番が長かったので藩政が混乱し、財政困難となっているのは良く知られている。

「お里方からお付きになってこられたのは――」

「ご右筆《ゆうすつ》萩野どのじゃ。奥方さまのお乳母どのじゃったそうな」

奥の右筆は、身分は老女より下だが、どんなときもお側去らずで付き添う奥方第一の忠義者で、どうかすると老女よりも権限があるという。なるほどお里方からついてきたお乳母さまなどの役なのだろう。いかに高田藩がご内証が苦しいといって、同じ格の大名に輿入れしたからには、ご右筆以下、さっき居流れていた女中の半分は、お里方からついてきた女たちだろう。年に千両や二千両は奥方化粧料として届けねばならぬだろうし、大名稼業もなかなかのことだと新三郎は腹の中で思いながら、立ち入ったことを伺い、ご無礼をいたしました、と座を立った。

帰りも例の女乗物を、というのを、ついそこの屋敷に立ち寄りますゆえと平に遠慮して、四谷にまわった。別段用事があるわけではない。食い損なった朝飯代わりに、なにか腹に入れてから長谷川町に戻ろうと思っただけである。

めったに寄りつかない新三郎が中一日であらわれたので、屋敷の家臣もびっくりしたが、いきなりなにか食わせろ、というのでわけがわかり、さっそくに昆布の蒸し漬に牛蒡《ごぼう》の香の物の茶漬けの膳をしつらえてきた。焼いた平茸も平らげ、志乃には、丹羽さま奥方というお得意ができた、泊まり込みで仕事に励むと伝えろと言って立ち上がると、気を利かせた若党が駕籠屋に走ったらしく、町駕籠が四谷御門外に、と言う。こっちは遠慮せずに乗り込み、六間町《ろつけん》と言いつける。

佐野源につくと、源助が、座敷童子にはお出会いになれましたか、と笑う。

「大名屋敷ってのは、座敷童子まで打掛けを着ている。芯が疲れる話さ。ところで新橋に安達屋という同業があるか」

「ございます。あのあたりはお大名のお下屋敷や蔵屋敷が多いので、ちょっとした羽振りのようですが、なにか」

「最初に座敷童子に出会って気絶したのは、竹川町の地唐紙屋入江作兵衛の娘およしってんだそうだが、その安達屋が口を利いた娘だそうな。おっかなくなって下がっちまったっていうから、なんとかうまいこと話を聞いてみてくれ」

　源助はめずらしく首をひねり、

「名の通ったお店《たな》の娘さんで、おまけにお大名の奥向きのこととなると、ちょいと面倒かもしれません」

　古株の重蔵を呼んだ。話を聞かされた重蔵も、しきりに首をひねっていたが、

「これはちょっと知恵をしぼらないとなりません。少々時をいただかないと……」と、常に似ず弱気である。

　たしかに奉公先の大名家の奥に怪異が出たから早々に下がってきたなど、相応のしつけを受けた娘がしゃべるはずがない。

「今日明日というわけには参りませんが、明後日には、なんとか当たりをつけられるかもしれません。さっそくに手配りいたします」

　なにか思いついたのか、重蔵はそう言うと座敷を出ていった。

「急のお役に立たず、申しわけございません」

　源助が小肥りの身体を縮めて言う。

「なに、ちょうどいい。明日は丹羽さま奥に宿直することになっているからな、明けてから聞こう」

それはまた、とびっくりする源助に、

「中間の一人も連れないと、格好がつかねえな。兵助を供にしようさ。明け六つが鳴ったら長谷川町に来いと言え。それから明日は四郎吉に飯を食わせてくれ」

落ちなく言いつけて長谷川町に戻った。

小僧がいそいそと出迎えて、

「出ましたか、座敷童子は」と聞く。

「化け物ってのは、七つ下がりにならねえと出ねえってことくらい、百物語を読んでりゃ、知っているだろうが」

すると小僧は、

「違いますよ、座敷童子だけは昼間でも出るんです。真っ昼間に、きゃっきゃっ言って遊んでたりするんだって、書いてありますすよ」と言う。

「なるほどそうか、こいつはおれが過《あやま》った。そんなら宿直なんぞしなくてもよかったな」

四郎吉が目を剝《む》いた。

「宿直って親方、お大名のご家来になっちまうんですか」

「心配するな、こう見えても直参のせがれだ、御主君は将軍さまだから、二股は掛けられねえのさ」と言うと、四郎吉は安心したらしい。

新三郎は画室に入り、座敷童子を描いた紙を取り上げ、ちょっとづつ色を差しなどして四郎吉に見せる。

「こんなところでいいかね」

四郎吉は、もっともらしい顔付きでじっくりと眺めて、

「おいらも本物にはまだ出会ったことがないからよくはわからないけど、おおかたいいんじゃゃないいんですか」

お前さんのお墨付が出りゃたいしたもんさ、と新三郎は同じようなものをいま一枚描き始めた。二枚を棚に放り上げると、明日は宿直だ、夕飯は佐野源で食わせてもらって泊まってこいと言うと、ごろりと寝ころがった。

六

その日はそのままことなく暮れて、翌朝、まだ明け六つも鳴らないうちに兵助が庭木戸を押した。屋敷にいたころと同じような、股立ち取った中間のなりである。お支度は、と庭先に膝をつく。

「まさかに長持挟み箱を背負ってくってんじゃねえだろうな」

兵助は苦笑いして、

「宿直となれば、一応のお支度がおありかと思いやして」と言う。

「奥方さまのお好みに合わせて小袖の下絵を描くんだ、長逗留ってわけでもなし、絵筆の二三本と紙が一締《ひとしめ》もありゃいいだろうよ。お前さんを連れてくのは、奥用人の芳賀源左衛門って男に面を通しておこうと思ったからだ。なにせ十万石の奥だ、なにが起こっても外には洩れねえおっかないところだ。お前さんがすぐに入れるようにしておかないと動きが取れねえからな」

兵助は、ちょっと面持を改めて頭を下げた。

やい、小僧、起きろ、と新三郎が怒鳴る。

台所から出てきた四郎吉が、

「もう起きてます。親方がいつも使う道具は風呂敷に包んでありますよ。着替えは自分で出して下さい」

新三郎は、今日は雨か、かなわねえな、と、言いながら、繁菱《しげびし》の地文のある千草色の袷に藍海松茶《あいみる》の千筋《せんすじ》の袴《はかま》という、まるきり若手の国侍といったなりで、早目に来たおしまばあさんの膳につくと、例の通りの豆腐汁に、どうしたことか焼いた平茸がついている。昨日も食ったと言いかけてあわてて飲み込み、飯を二杯代えて、今夜と明日の朝は来なくてもいいと言って立ち上がる。

大小を手に、棚の上から座敷童子の絵を一枚とって、例の仕込み筆のはいった矢立てと一緒に懐にほうり込み、表口にまわる。履き捨ての藁《わら》草履の履き心地を確かめ、履き代えを懐に入れようとすると、兵助が手を出して受取り、自分の懐におさめた。

「ははあ、供が居るのを忘れていた」

小僧が風呂敷包を兵助に手渡す。

表口を出たところの四辻に、佐野源出入りの駕籠が止まっている。四郎吉が神妙に、いってらっしゃいまし、と送り出す。四つ角の立て花の宗匠の垣の満天星《どうだん》の紅が、朝日を受けて美しい。このところ晴天続きで、小僧が気を利かしたくらいでは天気は変りそうもない。

さすが町駕籠で、慣れているから登城の混雑を上手に避ける。いったん和泉橋を渡って、神田明神下から水戸さまお屋敷の下を通り、あとは脇道を次々に抜けて赤坂御門を入った。回り道して急坂は上らず、なんなく丹羽さまお屋敷の表門に着く。主人在国だから、門前はこの時刻でも閑散としたもので、話が通っていたらしく門番がすぐに潜りを明けた。昨日と同じように庭伝いに奥の広敷に案内される。

迎え出た源左衛門に、兵助を屋敷の中間だと引き合わせる。源左衛門が、供待ちに控えさせなさるか、と尋ねた。なに、明日六つすぎに迎えに来ればようござろう、と言ったが、兵助が、お許しいただけますれば夕刻までなりとお供いたしまする、とすっかり武家の奉公人に戻ったような言葉つきで言う。源左衛門は、随意にされよと、下役に供待ちへ案内させた。

新三郎は、昨日の部屋へ招じられてからしまったと思った。武家の奉公は、大名といえども登城に際しては弁当を持参し、お茶坊主の世話で食するのである。親父どのも、質素な弁当を持たせて登城していた。常に出先で気ままに食べ歩いているから、そのところまで気が届かなかったのだ。兵助が留まっていてよかったと、描留め帳を一枚裂いて走り書きをしたため、茶を持ってきた小姓に、

「早速だが、供のものにこれをお渡し下され」と手渡すと、小姓は、上目使いに新三郎を見上げ、

「承知仕りました。そのほかに、ご用は……」と、甲高い声で言う。別段に、と答えると、またじっと新三郎の顔を見てから、下がって行く。

やれやれと、新三郎はため息をついた。

——早いとこ片付けねえと、こっちも気鬱の病《やまい》になる。

風呂敷包を解いて、商売道具を出す。毛氈を延べ、下絵を描く支度を調えて、さてと思案していると、さっきの小姓が戻ってきて、

「承知なされて、すぐにお下がりになりました」と言う。恐縮でござったとそっちのほうは見もせず答えると、小姓は、

「お絵をお描き遊ばされますとか、なにかお手伝いができましょうか」とにじりよっ

てきた。

「なに、わたしはそばに人がいると仕事ができない性分なので、お引き取り下されと言う。小姓は恨めしそうに、

「さようでござりますか……。なれば、ご免下さりませ」と、ていねいにお辞儀をして、下がって行った。

何か描いていないと格好がつかないので、思いついて、吉原のなじみの太夫綾衣《たゆうあやぎぬ》の姿を描き始めた。

――十万石の奥方が、吉原の太夫の道中姿の打掛けを着たら、どんな騒ぎになることか。

ちょっと悪戯《わる》さが過ぎるかとも思ったが、なにもこれに限るわけでもなし、今日のところは退屈しのぎだと、筆を進める。描き始めるとつい入れ込む癖が出て、時を忘れていると、

「ごめんなされませ」と、またさっきの小姓の声がした。あいつが今日の当番か、とあきらめて振り向く。

「お仕事中お妨げいたしまするが、若年寄梅木さまが、お話なされたき由にござりまする」

梅木というと、初めて座敷童子に出くわして気絶したお末の主人だったと、

「こちらも伺いたき儀がござった。どれへ参ればよいか」と聞くと、小姓は、

「ただいまこれに……」と振り返る。

お次の女を従えたお女中さまが、ずいと入ってきた。

「宿直をお引受けになられましたそうにて、ご苦労に存じます」

突っ立ったまま言う。見下ろされることになった新三郎は、いささか中っ腹で、

「どうせ無駄飯を食っているんだ、どこにいようと違いはねえからな。だが、これでも直参の家に生まれている。この屋敷に奉公しにきたんじゃないから、礼儀は心得ねえ。そのつもりにしてくれ」

筆を休めず言った。梅木は、ふっと笑ったようだったが、

「まことに。御直参のご子息さまにご無理を申し上げるなど、まあ、桂木どのもなにを考えているのでしょうねえ」

相変わらず立ったまま言う。

「おれもわからねえが、親父どのの仰せゆえ、窮屈な思いをしにきたのさ」

「お父上さまは、どのようなお役をお勤めで……」

「どうせ調べはついているんだろう。いまさら聞くには及ばねえ」

「調べなどと、そのような――」

さすがに梅木は口ごもったが、

「お旗本のご子息さまとお言葉交わしますのは初めてで、ご無礼がありましたら、ご容赦願い上げまする」

やっと膝をついて、ゆるゆると平伏した。

「そんなことはどうでもいいが、座敷童子を見たっていうお末は、いまどうしている」

「宿に下がりました者がなにをしておるかまでは、心得ませぬが」

「なるほどな。どんな縁でこの家に上がったのかね」

「口入れ屋とやらが、世話をしたと聞いておりまする」

一々にもっともな受け答えである。

「梅木どのは、座敷童子を見られたことはないのか」

「そのようなものがこの世におるなど、わたくしは信じておりませぬゆえ」

薄っすらと笑みを浮かべて言う。

女には勝てぬと、新三郎はうんざりした。といって尻尾を巻いて帰ったら、志乃だけでなく親父どのまで赤っ恥かくという仕掛けになっている。

「で、なんの話だ」

とにかく陣容を建て直す。

「いえ、御挨拶までに、参上いたしましたばかりで」

「そんならいまも言った通り、町方暮らしで挨拶は苦手だ。斟酌《しんしゃく》無用に願いたい」

さようなれば——と、梅木はもう一度ゆるゆると平伏して、立ち上がった。

——もう金輪際《こんりんざい》、物好きはやめだ。

新三郎は、胸のうちでぶつぶつ言いながら綾衣の道中姿にかかったが、毒気に当てられたか、なかなか筆が進まない。

また背中できんきん声がした。

「お供のお方が、中食《ちゅうじき》をお持ちになられました由にござります。こちらでおしたため遊ばしますか」

ご用人に伺いたき儀があるゆえ、用人部屋に赴きたいと言うと、小姓は、しばしお待ち下されませと出ていった。じきに源左衛門が現れ、どうかこなたへ、と先に立って用人部屋に案内する。

「むさくるしゅうござるが、ご勘弁願いたい」

違い棚もある床のついた、こじんまりした部屋である。文机や書類が積み上げてあるが、きちんと片付いていて、部屋の主《あるじ》の律儀な気質が覗かれる。だが襖《ふすま》を隔てて部下の勤める仕事部屋があるようで、内々の話はできまい。

若侍が、提げ重を捧げて入ってきた。

どうやら佐野源が、花見弁当顔負けの豪勢な支度をしたらしい。

かますの塩焼き、小海老の煎りつけ、子芋のころばかし、煎り鶏、めまき、牛蒡《ごぼう》の香の物、楊梅《やまもも》の酢漬、まだなにやらあるが数え切れない。ご丁寧に、汁の容れ物もついている。

これはこれは、たいそうな献立で、と源左衛門が覗き込む。

新三郎は、赤面した。

「出入りのものが、物見遊山と勘違いしたようでござる。よろしければ、お召し上がり下され」と重箱を押しやり、自身は、飯に汁をぶちかけて食べ始めた。

源左衛門は相好をくずした。

「遠慮なく頂戴いたす。なんすろ、飯炊きばあさんおきまりの献立に、往生すておりますてな」

どこも同じと見えると、新三郎はいっそうこの朴訥《ぼくとつ》な用人に親しみを抱いた。

きれいに平らげ、若侍の運んできた渋《すん》茶を飲み終えると、

「いや、ひさすぶりに堪能いたすた。新三郎どのは、このような美味を、始終《すじゅう》食すておられますのか」

「いや、いずこも同じでござる。通いのばあさんおきまりの豆腐汁からのがれる算段を立てるのが、毎朝の難行で」

大笑いになったところで、

「どうやらこのたびの仕事、わたしには荷が勝ちすぎているように思われますが」と

弱音を吐いた。

「これはまた、新三郎どのとも思えぬお言葉」と源左衛門は言ったが、すぐににやりと笑って「ずつは拙者も、明日こそはお役ご免を願い出ようと、毎夕思っておりますじゃ。が、新三郎どのは、まだ半日、ご辛抱《すんぼう》が足りませぬぞ」

「言われる通り、だいたいが辛抱が足りぬ生まれつきゆえ、町方暮らしをしております。第一、動けぬのがいけませぬ」

「奥うちなればいずこなりと、お好きなところへ出向かれるがようござる。そうでないと、座敷童子に出会えませぬからな」

「いや、うかつに歩きまわって、女中方の打掛けの裾を踏んだりすれば大ごとゆえ」

本心から言った。

源左衛門は、かっかっと笑い、

「それなれば腹ごなすに、お庭を拝見なされ。拙者がご案内つかまる」と言うと、さっさと立ち上がった。

七

奥庭は、見事な紅葉の盛りである。築山のはずれにしつらえた石造りの腰かけに並んで腰を下ろす。紅葉を浮かべた池水に真っ青な秋空が映り、なんとも長閑《のどか》な景である。

「よいお日和《すより》じゃ。殿はご在国、これで座敷童子なんどが出没せねば、命が延びますがの」

新三郎はふと、父親とでも紅葉見物をしているような心持がしてきた。屋敷にいた折とて、親父どのと並んで庭を見た覚えなどまるでない。

――侍なんてな、まったく因果な稼業さ。

明日にでも小僧の四郎吉に小遣いをやって猿屋町の里に帰し、おっかさんと待乳山《まっちやま》聖天《しょうてん》の紅葉を見てこいと言おうと思っていると、源左衛門が、

「いかがじゃな、座敷童子に出会えそうでござるか」と、のんびりと尋ねる。

「ご用人、この度の一件、どこに落としどころを見つけろとおっしゃるのです」

「と、言われると……」

源左衛門は、不審そうに新三郎の横顔を見た。

「承ればご側室お国御前それぞれ分を心得ておられ、お跡目にもご心配がなく、奥も表もご領内にも、これというもめ事があるわけでないとなれば、騒動が起きるはずはないと思われますが」

「いや、まったくもって仰せの通り、拙者ごとき田舎者《えなかもの》にはまるで相わからぬによっ

て、新三郎どのをお煩わせ申したのじゃが……」

「座敷童子とは、家繁盛の折に出現するとか、女どもの悪戯《わる》さなど、放っておかれたらよいではありませぬか」

「ううむ……」

源左衛門は、唸った。

「だが新三郎どの、女どものすわざを愚にもつかぬと侮っておると、お家があやうくなることもある」

「なるほど」

新三郎は、池の面に目をやったまま、

「築山の後ろで、だれかがわれらを窺っておりますな」

源左衛門は、驚いた様子もなく、

「左様か。どこからでも見えるようなところにおるのがよいと思ったがな。うむ……」

「まさかにお大名屋敷で飛び道具は使えませぬので、とっつかまえることができませぬ。いかがされます」

「放っておかれい。なまなかに正体を明らかにすてすまうと、万事《ばんず》終わりじゃて」

「これはどうにも難儀なことで」

「座っておっては腹ごなすにならぬ。少し散策いたそう」

源左衛門は、やっこらしょと立ち上がった。

手入れの行き届いた植え込みの間を縫って池をめぐる。ついてくる気配はない。

「諦めたようですな」

「左様か」

「ところで、ご老女さまのお姿が見えぬようですが」

「ご老女さまは、二年ほど前、病《やまい》を得られて退《す》かれてな、それからは老女職は空席じゃ」

「なるほど。では一番お力があるのは、ご右筆《ゆうひつ》さまで」

「そういうことになろうかの」

「桂木さまと梅木さまのお仲は、いかがで」

「ふむ。梅木どのは、お里が藩ご重役じゃて。桂木どのは、お気のいい女ごでな」

さすが、出来た答えである。

「窺っていたのは、どなたの手のものと思われます」

「ううむ……。まったくのところ、わからんのでな。桂木どのがそのようなことをするとは思えんというだけじゃ」

不得要領とは、このような話をいうのだろう。だが、奥の女たちの勢力争いが発端で、家中《かちゅう》不取締が表沙汰になり、お国替えになった例がないではない。奥御殿に怪が現れるなどということが、町人から上がったお末の口から洩れて、大目付の耳にでも入れば、どんなことが起こるかわからないのが武家の世界である。

「お末がお部屋さまにおなりになったのに、なぜ桂木さまがご老女職におつきになりませぬので」

新三郎が尋ねると、源左衛門は、

「そこがそれ、桂木どののお気のいいところでな、おしろの方さまが、固くお立場を心得て下屋敷にお下がりになったのに、自分《ずぶん》が出世するわけにはいかぬと言われたそうな」

十万石の大大名が、始終下屋敷に出向いてばかりもいられないから、自然夜伽に侍る機会もなくなり、この上お子たちが生まれることもないに違いない。だが、老女職が空席というのは大名の奥としては異例だろう。重役たちはまだ桂木にと思っているのかもしれない。

「お国御前は、どのようなお方さまで」

「殿ご若年の砌《みぎり》、母君のおそばに使えていた女子でな、若様であられたころにお手がついて、そのままお国御前になり、姫がご誕生になった。里は城代組百石取りだったが、五百石にご加増になり、いまは兄が小頭を勤めておる」

「ご無礼ながら奥方さまのお歳は」

ろう。

「十五《ずうご》でお輿入れなされたで、二十歳《はたつ》になられような」

それならまだまだお跡継ぎはお生まれになると、重役たちが思っているのは当然だろう。

「殿は」

「お三つのお年上じゃ。殿が二十歳になられたのを機に大殿が家督を譲られ、ご隠居として藩の経営に専心されたによって、いまの二本松藩がある」

新田を開発し、藩校を整備するなど、近年の二本松藩の充実は、新三郎も洩れ聞いたことがある。家繁盛で座敷童子が出現するのも、もっともなのだ。江戸表のわずらわしいつき合いや参勤交代の無駄な時間から解放された隠居の大殿が、十分に腕を振っているのだろう。ところが藩が豊かになると、公儀がその実りを狙って、些細なことで取り潰しを計ろうとするものである。源左衛門が家の安泰に神経を尖らせるのは無理もない。

お国腹の姫は百石取りの武士の血筋、側室は職人の娘、腹は借り物とは言っても、十万石の跡継ぎであるからには、家中にさまざまの思惑が走るのは当然である。二人の姫がおない年とあっては、なおややこしくなる。だんだんと読めてきたような気もするが、いったいそれが座敷童子出現とどうかかわっているのかが解けないことには、手の打ちようもない。

あてがわれた部屋に戻り、背中に小姓のじっとりした視線を感じながら、綾衣の道中姿の下絵にかかる。小僧もいないので無駄口を利く相手もなく、やたら仕事がはかどり、一ッ時《いっとき》半もすると、すっかりと描き上がった。

豊かな髪は島田髷《まげ》には結わず高々と上げて幅広の元結で幾重にも巻き、ふっくらした顎を襟に埋めるようにして突き袖した立ち姿である。菱川流とは違って、人物の背後にはなにも描かず、女の姿だけを浮き上がらせた古風な手法が、いっそうに太夫の威と憂いとを漂わせている。

新三郎は、久しぶりで納得の行くものが描けたと、筆を措《お》いた。あとは、衣装柄をきめるばかりである。軸に仕立て、奥方にではなく綾衣に贈ろうと思ったとき、なにやら広敷が騒がしくなった。

大名家の奥でも、侍がこんなに走りまわるのかと思うほど、ばたばたと足音がする。新三郎が、襖を開けて覗こうとしたとき、若侍に突き当たりかけた。

「これはご無礼を」

膝をついて謝る若侍に、

「なにごとが起こった」と尋ねると、

「ただいま、お知らせに上がろうと存じましたが、お末に過《あやま》ちがありまして……」と言う。

「過ちというと」

「その、昼過ぎから姿が見えなくなり、探しておりました由でござるが、いまほど奥庭の築山の陰で、当て落とされておりました」

「なに、築山の陰でか」

「見つかるのが遅かったため、絶命いたしおりまして」

「それは……」

そんなことなら脅《おど》しの筆を投げ、とっつかまえておくのだったと思ったがもう遅い。当て落とされても、早くに活を入れて蘇らせればなんということもないが、長くほうっておくと息を吹き返せず、そのままになってしまうこともある。

源左衛門と自分が石の腰掛けを立ってからだれかがきて、潜んでいる女を当て落としたか、それとも、窺っているのを見つけられ、相手を落としたか。運悪く偶然来かかって、命を落とす破目になったということも考えられないではないが、なんといっても築山の陰である。一人散策に出向くという場所でもあるまい。

「気の毒に、どなたのお末で」

「ご右筆萩野さまのお末でござる」

ますますわからなくなってきた。里方はどこかと聞くと、高田藩江戸詰勘定方五十俵五人扶持の早野勘兵衛の娘いとだという。奥方お里方からの奉公なら、奥方さま忠義一心のご右筆の腹心かもしれない。

──桂木と梅木、それにご右筆、も一つおまけにお国御前、みんなひっからまって、その上に座敷童子とくる。ご用人がもてあますのも無理もねえ。

それでも藩の外に洩れないようにというのは、熱々《あつあつ》の豆腐のふわふわをこわさないように持って一町走れというようなもんだ。

悔やみを言って、部屋に戻る。

気の毒に源左衛門は、まずは奥の動揺をおさめ、表方と口裏を合わせて病死の体《てい》にして親許へ知らせ、遺骸を引き取らせてのち、応分の葬い金を渡すなど、これから何日も眠れぬだろう。

──あのご用人のためにも、なんとか早くひっからまった糸を解きほぐさなければなるまい。

そうでないとまた要らぬ人死《ひとじ》に出すことになりかねない。

さすがの新三郎も、綾衣の衣装柄を考えるゆとりがなくなった。

はや、七つを過ぎたようで、日差しも薄くなってきている。そろそろ座敷童子の出る時刻だが、この騒ぎではめったに出られまいと思っていると、ごめんなされませと甲高い声がして、例の奥小姓が夕餉の膳を運んできた。

鰈《かれい》の煮付けにずいきの煎り煮、いまさっき思い出した豆腐のふわふわに花鰹がかかっているが、熱々はおろか、花鰹が豆腐の上に張りついている始末、かぶらを薄く切った中味噌の汁とも、一汁三菜の膳である。お給仕仕《つかまつ》りますと、小姓がべったり座り込むのを、一人で冷や飯食いつけているのさと追い払う。

頃あいを見て渋茶の盆を持ってきた小姓に、供のものをこれに呼べるかと聞くと、お次ぎのお方は、供待ちから中にはお入れできないことになっておりまして、と言う。なればこっちから出向くと立ち上がり、ご案内をと、すり寄ってくる小姓の身体を避けるようにしてあとをついて行く。

供待ちに入ってきた新三郎の姿を見て、兵助がほっとしたように両手をついた。懐から描留め帳を出し、引きちぎって二、三書き付けて渡す。ざっと見て兵助は、かしこまりました、明朝六つにお迎えに参上仕ります、と頭を下げた。うなずいて引き上げる。

灯しを持ってきた小姓が、お床を延べさせていただきまする、と、質素な木綿布団を延べ、ほかにご用は、と言う。首を振ると、それではお休みなされませ、と残り多そうに頭を下げて引っ込んでいった。

布団の上にあぐらをかき、することもないので、用人部屋の宿直の侍に、奥の見回りをしたいと言おうかとも思ったが、まずはあれこれ調べさせてからだと固い布団に引っ繰り返る。部屋の隅できりぎりすの声がする。十万石の奥御殿にも、きりぎりすが住み着くのかと、妙におかしくなった。

ついとろとろとしたらしい。新三郎どの、とひそかに呼ぶ声に跳ね起きた。

お目覚めかの、と襖の外で言っているのは、源左衛門である。

すぐ立って襖を明ける。いかがなされたと聞くと、

「いやなにもう、疲れ果てましてな」と言って入ってきた。どっと座り込んで、妙にふくらんでいた懐から銚子を取り出し、両の袂に手を突っ込んで盃と鯣《するめ》を引っ張り出す。

「勝手ながら、おつき合い願いたい」

にやりと笑って、畳に盃を並べる。

「これは結構なことで」

早速に盃を含むと、これがなかなかの代物、奥州は酒どころでしてな、と、源左衛門はまたにやりとする。よほどの好きとみえ、三四杯立て続けに飲み干し、ふうっと息を継いだ。

「とんだことが起こりましたな。わたくしが参らねばこのようなことにはならなかったかと思うと、心が痛みまする」

新三郎が言うと、源左衛門は、なんのと手を振り、

「もとはと言えば、われらがご無理を願ってのこと、新三郎どのにそこまで言われて

は、立つ瀬がなくなりまする」と鼻をこする。

新三郎は、それにしても、だれがいったいそのようなことを、と言いかけ、それを考えるのが、わたくしの役でしたがと苦笑して、

「この騒ぎに、右筆の萩野どのも、かかわっておいでとお思いですか」と尋ねる。

「いやもう、えっそうなにがなんだか、わからなくなり申すた」

源左衛門は、匙を投げたという顔になる。

「奥方さまお輿入れにあたって、ご当家と越後高田藩との間に、なにかお取り決めのようなものがございましたか」

「ううむ」

源左衛門は唸ったが、「なにぶんにも並々ならぬご内証のお家ゆえ、当家からも、事あるごとに合力いたすてはおるが、特にお取り決めというようなことはなかったと承知すておる」

「ご婚儀は、どなたがお決めになられましたので」

「うむ。公儀からのお話じゃった」

「なるほど」

高田藩は二十六万石だったが、御連枝《ごれんし》松平光長卿の治世に実質四十万石といわれるまでの豊かな領地となった。しかしその後、越後騒動が起こって、将軍親裁という事

態に至った。高田藩は崩壊し、所領はすべて幕領となって、代官支配に似た数年を経て、稲葉正通が十万石の格で封じられたが、その経営には散々の苦労をしているのである。

新三郎は、背筋が寒くなるような思いにとらわれた。

数年にわたって争い、自刃した者数百人、他国に流出した藩士は数知れず、処刑者何十人といわれる越後騒動は、藩主死亡の際、後嗣が決定していなかったことに発していると聞く。徳川直系で、御三家に継ぐ家格だった藩主は江戸に詰め続けで、国政をまかされていた藩の実力者が真っ二つに分かれて争っていたため、後継問題をめぐって、一気に噴き出したのである。

ふたりともしばらく、黙って盃を含んでいたが、新三郎が、

「及ばずながら、わたくしにできます限りのお力添えはいたしましょうから、あまりに思いつめられませぬよう」と言うと、源左衛門は、盃をおいて新三郎の手を握り、

「忝《かたじけな》い。何分ともに」とだけ言って、深く頭を下げた。

八

翌朝明け六つの鐘とともに、迎えに来た兵助を伴って丹羽屋敷を辞し、四谷にまわ

って朝飯を食べ、四谷御門前に待たせてあった町駕籠で、六間町に帰った。

昨夜《ゆうべ》から厄介になっていたという四郎吉が飛び出して来て、親方、座敷童子に会えたんでしょうね、と言う。残念だが、出てこなかったというと、おそろしく落胆して、すぐにどこかに行ってしまった。

源助が、あちこち飛びまわらせている野郎どもが戻ってくるまで、しばらくご辛抱を、と言うので、座敷に引っ繰り返って待っていると、まず留吉が、おひろの方さまの御実家の話を持って入ってきた。

銀町の柄巻師《つかまきし》の権左衛門は、職人にありがちの偏屈者で、娘に殿のお手がついてご懐妊と伝えたところ、喜ぶはおろか、もってのほかに立腹し、嫁入り前の娘を妾奉公に出した覚えはない、あの娘は総領ゆえ、家を継がせねばならぬ、一日も早くお暇を賜りたいと言い張ったのだそうだ。姫とはいえ、十万石の初子を揚げられた親もとだから、相応の扱いもしよう、お家出入りの柄巻師にもしようと、度々の使者が立ったが、娘を売り物にはせぬと言う始末にほとほと扱いに困り、ついに菩提寺の和尚が中に入って、ようよう奥を退ってお下屋敷で姫とお暮らしになることに落ち着いたのだと、当の和尚が語ったという。

そこへ高田藩の藩邸にやった徳という男が戻ってきた。出入りの職人の振りして早野さまに線香あげてきやしたが、さすがお武家さまで、武士の娘が奉公先で死ぬのはいたしかたない、奥方さま萩野さまより、過分のお志を賜り、運命《さだめ》と諦めるほかないって親御さんの話なんで、聞いてる方が涙が出ちまって、と鼻をぐすぐすさせて言う。

どんな死にようと聞かされているのかと、新三郎が尋ねると、

「なんでも、奥方さまから庭のお花を折ってほしいと頼まれたところ、岩の上に足を踏み滑らせ、打ち所が悪く、そのまま逝《い》っちまったって話で」

なるほどそれならご奉公のうちでもあり、本人の不注意ということにもなり、源左衛門の知恵か、なかなかのものだと新三郎は感心した。だが、若狭守の奥ではそれで通らないだろう。源左衛門がどんな手を打ったのか、あまり気の毒でつい聞きはぐったが、この次の宿直までには聞いておかねばなるまい。

「竹川町の地唐紙屋《じからかみや》の娘の方はどうだ」

新三郎が聞くと、源助が、同業の安達屋に当たるわけにはいかないので、搦め手《からて》を探してますもんでと言ったところへ、重蔵が戻ってきた。

なにせ大店《おおだな》のことで、どんな瑕《きず》でもつけたらいけませんので、娘の琴の師匠を探し出し、縁談話のような顔で持ちかけ、仲良しの朋輩から聞き出しまして、と言う。

「およしという娘は、ほんの小娘のころからご奉公がしたいと言っていたそうで、念願叶ったのに、なぜ急に退ってしまったのか、わからなかったと仲良しの娘は言ってました」

「座敷童子が出たからとは言わなかったのかね」

「とてもつらい目に遭わされたからと言ったそうで。ご奉公はつらいのが当たり前なのに、たった半年で退がるなんて、およしちゃんらしくもない、と言ってましたが」

「怖いと言わずに、つらいと言ったんだな」

「わたしも気になりましてその娘に聞き返したんですが、およしちゃんがつらいと言ったので、ご奉公はつらいのが当たり前だと言い返したんだから、たしかだと言うんで」

　さすが重蔵、細かいところをしっかり押さえている。

「およしはいま、どんな暮らしをしている」

「一昨日から野郎どもに見張らせていますが、小女《こおんな》がついて、毎日のように四つ過ぎには稽古ごとに出掛けてますが、特にこれといった……」

「家の方はどうだ」

「こっちもいつも通り商《あきな》いしていて、変わった様子もないようで」

　あまりお役に立ちませんでと恐縮する重蔵に、そんなことはないと言ってから、山形屋の六兵衛に使いを出せと文をしたためはじめた。

　こんどはいつ宿直におでましで、と源助が尋ねる。明日にもと用人に言われたが、六兵衛さまのご機嫌のほども恐ろしいから、三日後と言ってきた、と答える。小昼にと運んできた蕎麦がきを小僧も相伴して、長谷川町に戻る。

家の前で、もう六兵衛が待っていた。

「座敷童子は……」

四郎吉と同じように、張り込んで言う。

新三郎は、残念だが出会えなかったから、こっちから呼び出そうって寸法さ、と妙なことを言い、違い棚に上げておいた座敷童子の絵をとり下ろす。六兵衛は、それを持ってすぐに出ていった。

それからこともなく一日が過ぎて、新三郎は綾衣の下絵に衣装柄を入れていると、やってきた六兵衛が、つくづくと眺め、

「これを軸物でいただけたらねえ」と嘆息する。

「いくらおれだって、十万石の奥方さまに、女郎の道中姿の打掛けを着せようというほどの勇気はねえさ」と言うので、六兵衛が膝を乗り出した。

「じゃ、これはこっちにいただけますんで」

「別にそんな気もねえな、ただの道楽だ」

「旦那、絵師が道楽で絵を描いてどうなります、組物の方は、いつまでにいただけるんで」

とたんに六兵衛が渋い顔になる。

そうだった、そういう仕事もあったな、と新三郎は、綾衣の姿絵を片付け、長袖の小姓を描き始めたので、覗き込んでいた六兵衛が安心して、あすまた来ますと帰っていった。

新三郎は、めずらしくそのまま画室に座り込み、打掛け姿の奥女中と小姓との色模様を、一気に描き上げる。取り合わせはありきたりだが、布団の傍らに、京人形がちょこんと座り込んで、大きな目を見張って二人の色模様を見つめているのが、愛敬のような不気味なような、なんとも言えぬ味を添えている。男女の背後には、いかにも大名の奥向きらしい襖や几帳《きちょう》、お道具が例によって細やかに描き込まれ、一段と贅沢な気分を醸し出している。

実見してきたから大威張りさ、と言って三枚描き上げ、これで六兵衛に貸し借りなしだ、と座敷に出てひっくり返った。

翌朝、おしまばあさんの豆腐汁をすすりながら、源左衛門のせりふを思い出し、思わずにやりとすると、小僧が妙な顔をして、そんなに美味《おい》しいですかと聞く。新三郎は、ばあさんが焼いた油揚の熱々に、大根おろしをたっぷり載せ、たまりを掛け回して頬ばって、

「お前さん、この家に来てよかったぞ、こんなうまいものは、お大名の奥だってそう

は食えねえ」と言うと、ますます妙な顔になって、親方、寝不足ですか、と言う。なに、仕事は昼間の中に片付けた、夜なべなんかしねえから、ぐっすりと寝たさと言っているところへ、六兵衛が来た。

昨日描いた下絵を放り投げる。六兵衛は、つくづくと見て、

「これは奥向きに受けますねえ。お道具類がまた、実に細かに描けている」と感に耐えている。

ま、転んでもただは起きねえのが、ほんものの職人だろう、と言うと、六兵衛が、その職人ですが、庄兵衛親方が、扱い方をご指南しなけりゃならないので、お供の方にでもお越し願えればって言付かってきました、と言う。

「お供の方にはちっと無理だ。宿直に出る前におれが行こうから、そう伝えておけ」

六兵衛は、承知しましたと風呂敷に下絵を包み、帰っていった。

新三郎は、そのまま画室に入り、昨日の続きを描き始めた。四郎吉が、六兵衛が置いていった浄瑠璃本の「弁慶六条通《べんけいろくじょうがよい》」の色つけをしながら、今日は雨だ、と言うのに一向構いつけず、さっと三枚を描き上げ、半分出来上がったからこれで二、三日は休めるぞと、六兵衛が聞いたらべそをかきそうなことを言って、着替えもせず、懐に描留め帳と矢立てを放り込んで庭木戸から出た。

日本橋を渡り、京橋から新橋に出て、竹川町二丁目の角の印形屋《いんぎょう》で、地唐紙屋作兵

衛の店と聞くと、すぐ目の前だった。なるほど間口五間もの大店で、これなら大名家に娘を奉公させても、なんということもないだろう。行儀見習いというからには、給金をあてにするのではなく、あるじの女中への付け届け、身のまわりにしても、お家の格にふさわしい品々を調えねばならず、諸事万端、たいそうな掛りが要ると聞く。

新三郎さま、と声を掛けられて振り向くと、佐野源では重蔵に次ぐ古株の乾分の市兵衛である。さすが慣れていて、どこに隠れていたのかわからない。娘相手だ、お前たちの手には負えねえところがあろうが、女っ気がないのが佐野源の泣き所だな、と言うと、なに、すぐに繰り出しやす、お待ち下さいやしと言ったかと思うと、いかにも音曲の師匠といった年増の女と、その母親に見える年寄りを連れてすぐ戻ってきた。

新三郎がびっくりして、まるで機関《からくり》だなと言うと、市兵衛は、餅は餅屋で、と笑う。もうじき娘がお針の師匠の所から帰ってきやす、娘っ子のことで、お聞き出しになりたいことをこれにお言い付け下されば、うまく持ちかけやす、年寄りがいた方が気を許しやすから二人やりましょう、と言う。そんなら、せっかくの奉公を退ったのは、どんなつらいことがあったのか、奥の暮らしはどんなだったか、それからこいつはなかなかしゃべらねえかもしれねえが、お女中方の仲はどうだったかが聞き出せれば上出来だと新三郎が言うと、なんとかやってみます、半時ほどお待ち下さいましと女が腰を屈めた。

まさかに地唐紙屋には買い物の振りでも入れないから、前を通っただけで、六間町に戻ると、兵助がもうお出かけで、と慌てる。こうこうだと話すと、その女なら、懐狙いを仕損じて番所に突き出されそうになっていたところを親分が扱ってやって、役に立つ女だと見て時折使ってますが、こんな稼業ですから、そういう重宝なのがあちこちにいます、いつでもお使い下さいと笑う。源助とは長いつきあいだが、そんなことは知らなかった、いままで女っ気が入用な仕事は頼まなかったからなと新三郎も笑った。

半時もしないうちに、女がやってきた。

源助が見込んだだけあって、どう持ちかけたか、およしという娘の口をすっかり開かせてきている。

聞き上げてから、今日はにゅうめんを振る舞われ、中間の身なりに替えた兵助を連れて佐野源を出て、人形町の機関師《からくりし》松屋庄兵衛の店に立ち寄る。半時ほどで、大きな箱を大切そうに兵助が抱え、長谷川町に戻った。

おれが出掛けたら猿屋町に帰れ、あしたはおっかさんを待乳山《まっちやま》に紅葉見物に連れて行けと、四郎吉に小遣いをやる。小僧がびっくりして口も利けないでいるのに構わず奥に入り、朽葉色の地に菊籬《きくまがき》を墨描きにした、新三郎にしてはめずらしい好みの袷を憲法色の襦袢に重ね、大小を手に、表口に出る。兵助がこの前のように履き替えの草鞋を懐にして、四つ辻に待たせてあった町駕籠に乗った。

九

酉《とり》の刻《こく》前に丹羽屋敷に着き、広敷に入ると、若侍が案内に出る。新三郎が、絵の道具だと、兵助に持たせてきた箱を抱えてこの間の部屋に入る。すぐに源左衛門がやってきた。とこうの挨拶も抜きに、萩野さまのお末は、どういうことで死んだことになっているかと新三郎が聞く。持病の心の臓の発作を起こしたと伝えて納めましたじゃ、いつぞや、新三郎どのが、下屋敷の女中のことを言っておいでだったのを思い出すてな、と言う。今夜あたり、座敷童子が出そうな気がいたす、また、冷や酒をお付き合いいただけませぬか、と新三郎が言うと、願ってもないことと相好を崩し、しからば後刻、と古風なことを言って出ていった。

すぐに小姓が夕餉の膳を運んでくる。今夜も、かますの焼き物、牛蒡《ごぼう》大根小豆の味噌煮、糸蒟蒻《こんにゃく》の辛子《からし》和《あ》えに、なんということか豆腐汁という一汁三菜、今日の当番は、さっぱりした小姓で、膳を置くとさっさと退っていった。渋茶の盆を持ってきて、床を延べ、お休みなされませと退る。

灯りの下で、一《い》ッ時《とき》ほど下絵を描く。町方の今様の好みと言われたのに合わせれば、菱川派なら、芝居町の中村座木戸前の景と対にして、大川遊覧か吉原の景を描くのが定法《じょうほう》だが、それではあまりに芸がない。大きく西国船を描いてみる。波のかなたに富士を描き、前褄には、よっぽどに江戸城を描こうかと思ったが、それではあまりに憚り多いので、代わりに右前に山の手の大名旗本の屋敷、左前には、大川のほとりの町屋を描くと、いま流行《はや》りの家並みの景になった。いま一枚、これも流行りの釣り合い人形の豆蔵《まめぞう》散らしを描いてみたところ、これがなかなかに面白い出来になった。十万石の奥方が、豆蔵の打掛けを召したらさぞや騒ぎになろうが、町方風をとのご注文だから知ったことではない。邪魔が入らないせいか、この前同様、長谷川町にいるよりずいぶんとはかが行く。ずっとここで仕事をさせてもらおうかなど、下らぬことを思っていると、新三郎どの、とひそかに呼ぶ声がした。

お入り下され、と言うと、源左衛門が、にこにこ顔をあらわした。この前よりも懐のふくらみが大きい。驚いたことに、銚子を二瓶、抱えている。

小姓の延べた布団を二つに折って、さっそくに盃を畳に並べ、鯣《するめ》をかじりながらの話になる。

「で、座敷童子を見たというお末は、名乗り出ましたか」

源左衛門は、もう二杯目の盃を干して、

「出なんだ」

源左衛門は、手ずからまたなみなみと注ぎ、

「座敷童子を見たものはこの三日の間に名乗り上げよ、ただいまお出での絵師どのに絵をお描きいただき、国許の殿さまにお目にかける、ついては、見たものから座敷童子の詳すい姿かたちを聞き上げたいと、絵師どのが言われる、褒美には望みのものを取らせ、里帰りを許す、とまあ、こんな風に伝えたが」

ぐっと干す。

「それでようございましょう。今夜が楽しみで」

それからひそひそ話になり、半時も経つと、新三郎が、不寝番の夜回りは、亥《い》の刻でございますな、と確かめる。源左衛門がうなずくと、「それではわれらは、その前に」と立ち上がった。時と場合によっては、飛び道具を打つかもしれませぬが、決して傷はつけませぬゆえお許しを、と言う。源左衛門も酔いをおさめ、面持が固くなった。

新三郎が例の道具箱を抱え上げたので、源左衛門が目を丸くして、いったいなにが入っていますのじゃ、と聞く。なに、座敷童子が出たら生け捕りにして小僧に持ち帰る約束になっておりますので、と言うから、あきれ返って言葉が出ない。

夜更けの奥は、静まり返っている。ことに殿ご在国とて、中奥の警固もいないから、源左衛門の言いぐさではないが、これで座敷童子の騒ぎさえなければ、実にのんびりした佳い夜長である。さすがにここには、きりぎりすも住み着いていないらしい。

座敷童子の出たという中奥近くで、新三郎が、生け捕り用の箱を仕掛けて参りますゆえ、これにてお待ちを、と言って、箱を抱え中奥との隔ての杉戸に近寄った。じき戻って、

「われらがいると、出ぬかも知れませぬゆえ、もう一回りいたしましょう」とさっさと歩き出した。

畳廊下をもう一回りして広敷へ戻り、また銚子を傾ける。亥の刻の鐘が鳴り、お火の番の拍子木が聞こえてきた。新三郎は、静かに盃を口に運んでいる。

と、拍子木の音がはたと止まり、甲高い悲鳴が聞こえた。

源左衛門が、それ、出たか、と腰を浮かした。新三郎も、素早く立ち上がる。宿直の若侍も、用人部屋から走り出た。局《つぼね》々の障子が明き、お末や女中が怖そうな顔を出して窺っている中を、小走りに中奥とのお錠口に向かった。

案の定、お錠口近くに、火の番装束の女中が一人打ち倒れ、いま一人がおろおろとその背をさすっていた。新三郎が倒れている女中に活を入れると、うっすらと目を明け、またきゃっと悲鳴を上げて震え出した。

「座敷童子が出たか」

いま一人も、がくがくとうなずくのが精一杯で、唇を震わせている。駆けつけた若侍に、台所方のお末を呼んで介抱させろと言いつけ、遠巻きにしている女たちの間を

通って、広敷に戻った。

源左衛門は、なかなか戻ってこない。新三郎は、もう一度紙を拡げ、筆を取り始めた。

奥方が、町方風を着てみたいといわれるのももっともで、上つ方のお召し物は、豪奢ではあっても昔からの型にはまった花鳥文様ばかり、描きようも狩野風だから、浮世文様など召されたことがないのだろう。これから染めれば初春になる。正月の小袖はおおかた宝尽しか鶴亀だから、前身頃には、宝貝を浮かばせた青海波を裾に描き、腰から上に梅の花を亀甲に見立てて蓑を履かせて、胸あたりには鶴に見立てた無患子《むくろじ》を飛ばした文様を、さらに肩あたりに雲の中に角のない雨龍を隠して描く。後身頃いっぱいに宝船に乗った七福神を浮世ぶりに描き始めたところへ、やっと源左衛門が戻ってきた。若侍を二人、伴っている。

話し始める前に下絵に目を留め、これはこれは、と驚嘆する。とまれお話を、と向き直ると、若侍と手分けして女中方の局をまわったが、これがまことに手数のかかることで、と源左衛門は拳で額の汗を拭った。もし座敷童子が出たら、騒ぎのあとの女たちの様子を探ってほしいとあらかじめ頼んであったのだ。

かいつまむと、桂木はほんとうにびっくりした風で、まともに口も利けないようす、梅木どのは、苦虫嚙み潰しておったと源左衛門が言う。萩野は、先度のお末のことがあるゆえか、眉をひそめてばかりで、あまり言葉も出ない。ほかの女中方も、ほんとうに座敷童子がいたということに芯から驚いたようで、はかばかしい返事も出てこない女ばかりだったと、これは若侍が言う。

「一人だけ、ひどく怒っておったのがいましてな、宮木という新参《いままい》りだが、なんとなく気に入らぬ女で、目をつけていましたのじゃ」

源左衛門が言う。気が昂《たか》ぶって、黙ってはおれぬようで、ご老女さまがいないので、取締りが利かぬとやらなんとやら、桂木さまがおいやなら、なぜに梅木さまをご老女になされませぬとか、勝手放題を言いおったと、また拳で額を拭った。

宮木の里方は、と新三郎が聞くと、城代組番頭大野八郎兵衛の娘かやで、この春から上がったのだと、「小太刀も使い手跡《て》も書けて、女子にはめんずらすく肝が太くてな、ゆくゆくは老女に出世もすようかという女じゃが」と源左衛門は言う。

おかげで大方わかり申した、しばしお待ち下されと、新三郎は部屋を出た。戻ると、手に例の箱を抱えている。

「まんまと座敷童子を生け捕りにいたしした。さぞ、小僧が喜ぶでありましょうよ」

箱を開くと、身の丈一尺五寸あまり、京人形のような着付けの子どもがことことと歩み出たから、源左衛門も若侍も肝をつぶした。

新三郎が、たんと畳をたたくと、くるりと向きを変えて、また箱に入ってしまった。

「もう手なずけてありますゆえ、ご案じなく」

箱の蓋を閉める。

あんぐりと口をあけている三人に向かい、

「もしやと思いましたが、飛び道具をつかわずにすみ申した。だが、ここまで来ましたからはあすにでも、なにかの動きがあるやもしれませぬ、くれぐれもご留意を。もはや子《ね》の刻も近い、休まねばあすに差し支えましょう」

三人が引き取ると、新三郎は、やれやれ、どうやらお役ご免も近づいたな、と布団を伸ばしてひっくり返った。


翌朝、迎えの兵助とともに長谷川町に戻る。ばあさんを断ってあったのを忘れ、朝飯抜きになった。兵助が六間町に走り、取りあえずと、握り飯に鮒の煮びたしをつけて届ける。助かった、夕べもたいそうなご馳走で、腹の虫がおさまらねえと文句をいってなと、にぎり飯にむしゃぶりつく。

昨日描いた衣装文様を見直し、われながらいい思いつきだと一人で悦に入っていると、四郎吉が帰ってきた。

新三郎の前に手をついて、昨日はありがとうございましたと頭を下げるから肝をつぶし、せっかくの天気続きをだいなしにしねえでくれと言うと、おっかさんが、いつ死んでもいいと言ったと、べそをかき始めた。新三郎もついじんときて、なにをいう、春には向島の桜を見せてやれと、後ろを向いて下絵に筆を入れる。そのまま妙に照れ臭く、二人とも黙って仕事に励んでいると、使い屋が、文を届けに来た。

封じ目に「源」とあって、結構な檀紙《だんし》に、

急ニ御話致度儀在之今夕戌刻下屋敷側教学寺裏ニ御運被下度

新　殿

なかなかの書体で書かれ、墨の佳い香が漂っている。

新三郎は、しばらくじっと考えていたが、四郎吉に、佐野源に行って兵助に、青山に行く、七つ前にはそっちに行こうから、早夕飯を食わせろと言え、戻ると褒美にいいものがあるぞと、珍しいことを言った。

四郎吉が走って出ていくと、例の箱を出して座敷におく。小僧が妙なことを言い出したので、見せてやるのを忘れていたのだ。

そのまま下絵に向かっていると、じきに四郎吉が戻ってきた。褒美ってなんですかと息を切っている。

座敷に呼んで、箱のふたを開けると、かたかたと座敷童子が出てきた。四郎吉は、どすんと尻もちをついた。それっきり動けず、ただはあはあと息をついている。ほんとうに腰を抜かしてしまったらしい。

「お前さんの恋しがっていた座敷童子だ、ずっとこの家にいたいと言っているから、仲良くしろ」

とんとんと畳を二度たたくと、小僧の方に向かってとことこと歩いて行く。四郎吉は尻で後退りしたが、とうとう襖にぶつかって、これ以上はさがれなくなった。新三郎が笑って、とんと一度畳をたたくと、座敷童子はくるりと向きを変え、さっさと箱に入った。

「ああ、びっくりした、機関《からくり》だ」

さすが浄瑠璃芝居の通だけあって、四郎吉がすぐに立ち直る。

「世の中、そうそう化け物なんかいないさ、ほんとに怖いのは、人間さまさね」

いつものせりふで箱の蓋を閉めた。こいつはお前さんが言った通りに作らせたんだから、生みの親はお前さんだ、遊び友だちにするといいと箱を押しやる。

夢中で座敷童子と遊んでいる小僧を横目に、新三郎も文様の下絵に精を出し、あっという間に八つ半が過ぎた。そいつをかついでお前さんも佐野源へ行けと、大風呂敷を出してやる。自身は奥に入って、藍鼠《あいねず》の地に魚形紋《うおがたもん》の目立たぬ袷に着替え、矢立てを確かめて袂に入れ、大小を手に、履き捨ての草鞋の履き替えを今日は自分の懐に入れて、背中に大箱を括りつけた小僧と一緒に佐野源に向かった。

十

昨日の晩からろくなものを食ってねえという新三郎に、急なことだったのでお粗末で申しわけございませんと、それでも大海老の殻焼きに鶉の煎り煮、黄菊の浸し物を出してくる。

小僧が背負ってきた座敷童子に、いい大人どもが大騒ぎしている傍らで、飯だけは二杯替え、剣菱のぬる燗は控えるというので、源助が心もとなそうに新三郎を仰ぎ見る。なに、大の酒好きの呼び出しだ、戻ってからたっぷりとやるさ、だが、なんとなく気に入らねえことがあるから早目に出ると、兵助を呼んだ。

待たせてあった駕籠で、この間の通りの道筋で青山に出て、教学寺のだいぶん手前でここで待てと駕籠を停め、兵助とともに、ぶらりと歩き出す。芝増上寺のあたりで暮れ六つが聞こえたから、かれこれ六つ半だろう。釣瓶落《つるべおと》しにすとんと暮れ落ちている。月の出は遅い。新三郎は、兵助に、先に行って教学寺の裏手にだれかいねえか、見てこいと言いつける。

しばらくして戻ってきた兵助が、年配のお武家さまと屋敷勤めのような女中が、立ち話をしておられますが、暮れ落ちちまってるんで人相までは、と言う。

「おれを呼び出した状には、戌《いぬ》の刻とあった。まだ、半時もある」と言うと、早足になって教学寺裏に向かう。寺の角まで来たとき、はらはらと何人かが駈けていく足音が聞こえたような気がした。

新三郎は足を速めた。兵助もあとに続く。寺の塀は、うんざりするほど長い。ようように角を曲がり切って寺の裏手に出ると、七十間は越えようかと思われる寺の長い裏塀の、七三で向こう角に近いところに、頭巾を着た侍が女と立っている。その向こう角から、七、八人もの男が、早足で二人に歩み寄って行く。

芳賀源左衛門どのか、と尋ねる声がする。いかにも、と不審気に侍が答えた。とたんに、男どもが抜刀した。

新三郎は、地を蹴った。筆を打つにはいかにも間合がありすぎる。この闇の中、あやまつと、源左衛門や女に当たらないでもない。

男どもは二人に殺到した。その時突然女の姿がくず折れ、地に倒れた。源左衛門があっと声をあげ、抱き起こそうとした。その背に先頭の男の刃が襲いかかった。ぐえっと声がする。どこかを斬られたようである。

走りながら新三郎の右手がひらめいた。こんどは、男の声が上がる。筆が刺さったらしい。

源左衛門は、女を背に庇《かば》ったまま、気丈にも刀を抜き払った。

新三郎の右手から次々に筆が飛ぶ。残りの男ども何人がが、ばらばらとよろめく。

ようやくに新三郎は、源左衛門の前に立ちはだかり、男どもに大刀を突きつけた。

男は、八人いる。そのうちの三人は、新三郎の筆を受けて力がそがれているが、何分にも手負いと身動きせぬ女をかばってのこと、こちらの力も半分になる。先手で動かぬと危うい。

新三郎は、先頭の男を薙《な》ぎ払った。峰を返す余裕はない。男は、ぎゃっと刀を取り落とす。小手を斬られて、血が噴き出している。無創《むきず》の一人がおうとおめいて打ちかかってきた。かわしておいて、二の腕を叩く。悲鳴が上がって、腰を落とした。腕が半分ほど斬り落とされている。

だが、まだ五人はなんとかしなければならない。手負いもさることながら、気を失っている女を早く活き返さないと、築山のお末のような破目になる。

新三郎の心に焦りが生じた。

その隙を見透かしたか、後方にいた男の一人が、烈しい太刀風とともに突っ込んできた。受け止めたが、大きくかわせば背後で荒い息をついている源左衛門の身体ががら空きになる。

新三郎は、刃を合わせたまま、じっと耐えた。力業になる。

と、後ろから、ばらばらっと礫《つぶて》が飛んできた。

「ご用人さまっ、ご加勢仕りまするっ」

大声とともにばたばたと走ってくる足音がする。

刃を交わしていた男の力がふっと抜けた。新三郎は、すかさずいったん刀を引き、踏み込んで喉頸を突いた。血の脈に突き刺さったか、血が高々と噴き上がる。

一番後ろにいた男が、引けっと声をかけた。手負いを引き摺るようにして、男どもが消えた。

兵助が駆けつけた。懐から畳んだ提灯を引き出して灯りをともす。

新三郎は、手早く源左衛門の創をあらためた。右の肩口から大きく左脇腹まで切り裂かれているが、幸い深くはない。女の身体に伏すようにしていたのが、よかったのだろう。兵助が袖を引きちぎって、創口を縛っている間に、新三郎は、ぐったりしている女を引き起こした。予測通り、坂の途中で倒れた下屋敷の女中である。頬を軽く叩くと、ふうっと目を開いた。

幸い駕籠が待たせてある。女はすっかり気力を取り戻したのでともかくも下屋敷に帰し、源左衛門を駕籠に乗せ、芝神明裏閻魔堂《えんまどう》脇の太兵衛の店にかつぎ込む。閻魔の親分と言われている太兵衛は、佐野源昵懇《じっこん》の同業で、新三郎も、何度か厄介ごとを持ち込んだことがある。怪我人の手当はお手のものだから、新三郎も安心して太兵衛にまかせ、兵助を連れて佐野源に戻った。

大戸を明けたまま待っていた源助は、新三郎の衣服に血しぶきが飛んでいるのをみて顔色を変えたが、すぐに大盥《おおだらい》に釜の湯を一杯に張らせ、新しい下帯と着替えを重ねて、湯殿に運ばせる。兵助の介添えで着替え終え、座敷に入ると、さっそくに剣菱の熱燗が来た。

「やっとこれで座敷童子も枕を高くして寝られるだろうよ。ところで四郎吉はどうしている」と新三郎が聞く。座敷童子を枕許において、ぐっすり寝てやす、と留吉が笑う。

「そりゃなによりだ。だがこんどばかりは、おれも芯が疲れたぞ。もう志乃の口車に乗るのは、真っ平だ」と引っ繰り返った。

ふと目が覚める。すっかり寝込んだらしい。薄物が掛けられ、足もとに兵助が座っている。

「お前に助けられたぞ」と言うと、飛んでもねえと、両手をつかえた。

「ひどく疲れたが、これでやっと、だれがどうなっているか、はっきりしたさ。あとは、表に出ないように、ご用人どのが、どう手を打つかだ」

「それはようございました」

兵助が言う。

「おれの名を呼ばず、ご用人さまと呼ばわったのが、こんどの騒ぎで一番の出来だったな」

兵助は、出過ぎたことを致しまして、とまた頭を下げた。

そのまま眠り込んで、翌朝は朝飯を振る舞ってもらってから、また座敷童子の箱を背負った四郎吉と長谷川町に帰る。

じきに、六兵衛が来た。箱を開けて、つくづくと眺め、まったくよくできている、と嘆息している。

庄兵衛がこの座敷童子を三日で作りあげてくれたから、万事うまくいったのさ、お前さんの口利きのおかげだ、とめずらしいことを言うので、そのお気持ちがまったくなら、綾衣太夫を一枚、いただけませんかねえと六兵衛が言うと、いいだろうよ、とあっさり言った。

六兵衛は、仰天して、組物の下絵を受け取ることも忘れ、お店に知らせに走って行ってしまった。

半月ほどして、片腕を釣った源左衛門が、二本松の地酒の樽を担いだ若侍を供に、長谷川町に現れた。さっそくに開いて酌み交わしながら、あれこれを語る。

座敷童子など、だれも見なかったことは、はじめからわかってはいたが、桂木と梅木、それに萩野の、だれが悪い筋書きを書いたのか、源左衛門も新三郎も、わからなかったので、ややこしくなったのだ。座敷童子を本当に出してみれば、女どもも本音が出るだろうと、六兵衛を通して薩摩《さつま》太夫《だゆう》座の機関師《からくりし》庄兵衛にこれこれと頼むと、難しい注文であればあるほど断れない職人気質から、三日で見事な座敷童子を作りあげた。

お国御前とその身内がお跡目を狙っているのに気づいていた城代家老は、表立って排除すればお家騒動となり、公儀が介入する、なんとしてもそれは避けよと、腹心の源左衛門に命じ、江戸表の奥用人の職につけた。まだお世継ぎを生むことができる奥方さまのお命さえ、悪くすると危なくなる。薄々それを感じていた萩野は、奥の女たちの動きに油断なく目を配っていた。里方の武士の娘いとに、あやしいことはすべて知らせるように言いつけてあった。いとは、新三郎と源左衛門が、なにを考えているのか知ろうとして深入りし、同じ目的のお国派の女に出くわして、当て落とされてしまったのだろう。

源左衛門は、かねて宮木があやしいと見ていたが、お国派は、座敷童子一件でさとられたと感じ、源左衛門と新三郎を一挙に消し去ろうと焦り、宮木に偽《にせ》の呼出状を書かせた。新三郎は、状に、経済第一の奥取り締り役の用人が使うはずのない上質の紙が使われていたこと、墨の香とは違った女中たちの香らしい匂いが染みついていたことから、もしやと怪しみ、時刻を違《たが》えて呼び出して、双方相討ちの形で消し去ろうとしたのだといけないと、早目に行ったのである。

源左衛門といっしょにいたのは、子のない竹馬《ちくば》の友に赤子の時に養女に出した娘だった。同じようにお家を憂う友と語らって下屋敷に奉公させ、影姫に万一のことがないよう、それとなく見張らせていたのだが、新三郎が推《すい》したように、心の臓の持病があって、時折気を失う。

「お家のためとは云いながら、つらい思いをさせますたが、もう里へ帰すますたじゃ」

ゆっくり養生すれば、長生きもできると、医者も言っているそうだ。

国家老と源左衛門が、もっともおそれていたのは、豊かになった二本松の領地が、幕府に狙われることだった。越後騒動のあとに苦しんでいる稲葉家の姫との縁組も、稲葉家に援助することで、二本松がだんだん窮地に追い込まれることを、見越していたのかもしれず、まだ二十歳そこその若殿が、情に駆られて奥方の実家にはまり込むのをなんとか止めようとして、側室を次々に勧めてみたが、あまり功を奏さなかったと、源左衛門は苦笑いした。梅木は、桂木のお末が出世したので、自分もと、安達屋から奉公したおよしを強引にお部屋さまにするよう教育したが、およしにその気がなかったので、つらく当たり始めた。しかし、いったん上がった武家奉公は、病《やまい》でもないかぎり、三年は退がることができない。そこで朋輩から聞いた座敷童子の話を使って、一世一代の芝居を打ったのだと、佐野源の女に打ち明けたそうである。

「お国御前さまはお暇となり、梅木どのも殊勝になって、いやはや新三郎どの、この通りじゃ」

源左衛門は、改めて、深々と頭を下げた。

宮木の父組頭大野八郎兵衛は、急に頭を丸め、出家してしまった。宮木も、病気を理由にお暇を取った。お国御前の兄は、勤めぶりに落度があったと、お役御免になり、お国御前も遠慮して奥を退られた。お国御前腹の松姫は、国家老の養女となって、なに不自由ない五千石の姫暮らしをしているという。

江戸表でも、中奥勤めのかなりの身分の侍が二人、隠居願いを出して家督を譲り、国もとへ退去したそうである。

梅木は、ただ桂木への負けん気であれこれやっていただけとわかり、おかまいなしとなったようだ。

新三郎は、花の候には、またゆっくりと源左衛門と盃を交わしたいものだと心底思った。

翌年の正月、源左衛門から文がきて、奥方さまお召しの打掛けがたいそうな評判となり、佐竹右京大夫さまや松平兵部大輔さまなどという二十万三十万石の大身《たいしん》の奥からお問い合わせがあったが、知らぬ存ぜぬで通しているとあった。
綾衣の絵姿が、だれの手に渡ったかはわからないが、人物の周辺をきらびやかに描く菱川派からまた変わって、なんの背景もない遊女の立ち姿を売り物にする懐月堂という浮世絵師が出たのは、この綾衣の姿絵からだと言われている。

了

小春日の雪女

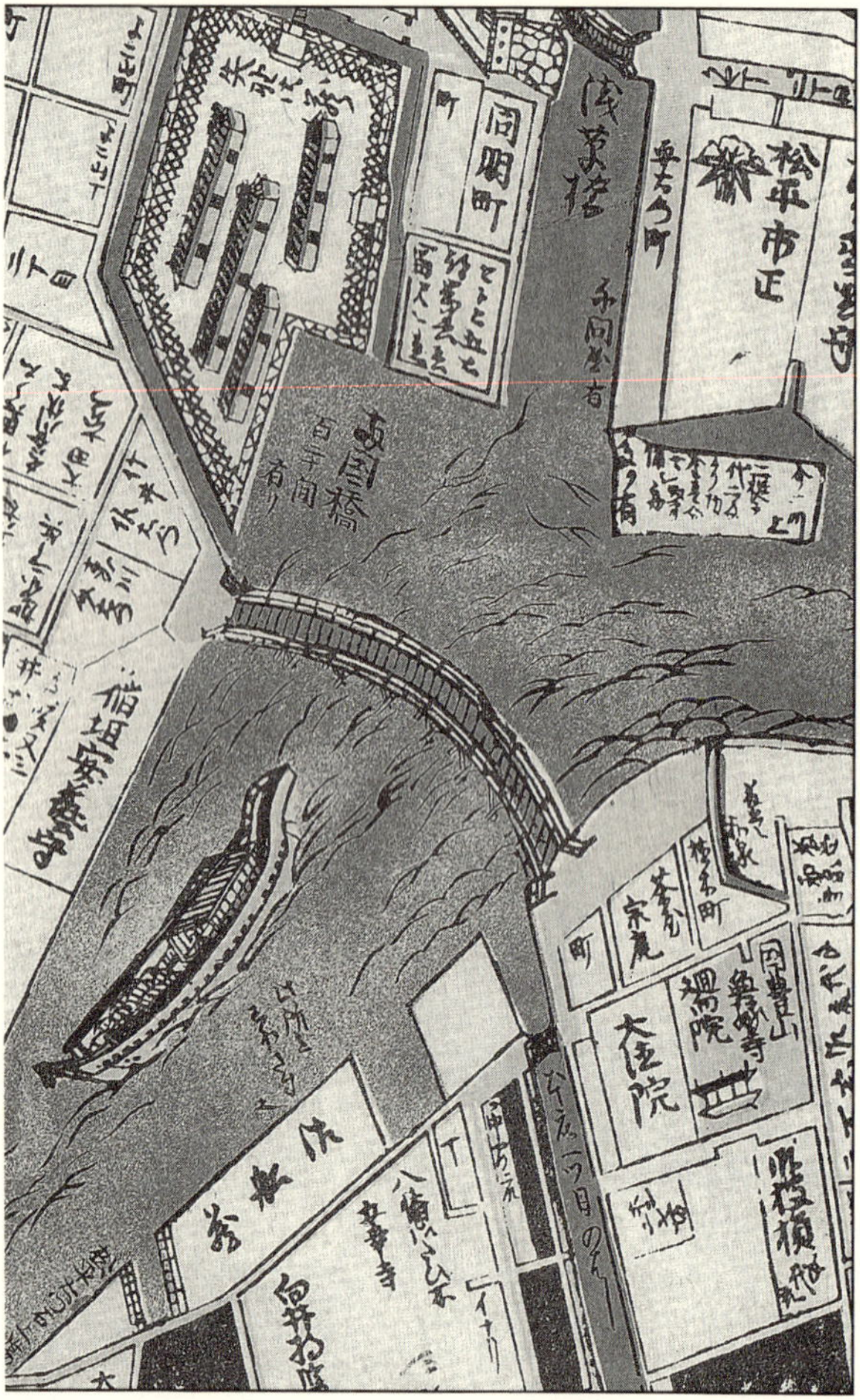

同朋町
浅草橋
松平市正
両国橋
大徳院

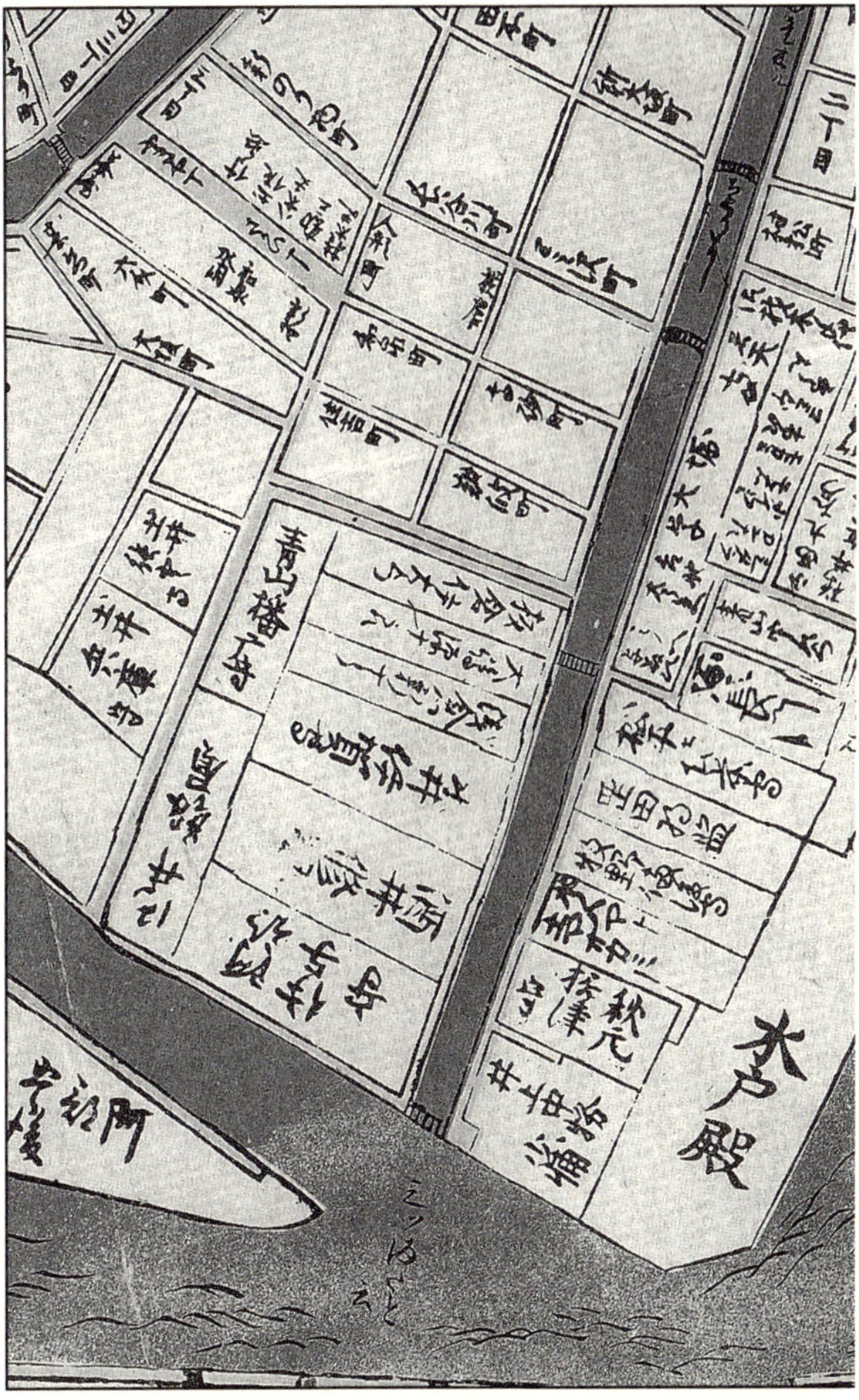
水戸殿
青山播磨守

一

うっかりすると、座ったままとろとろと居眠ってしまいそうである。

――十月小春《こはる》とは、言ったものだ。

藤村新三郎は、朝飯を済ませてからずっと、座敷でひっくり返って天井を睨《にら》んでいたのだが、高くなってきた日差しがあまりに暖かそうなので縁先に出た。

開け放った障子に不精らしく背をもたせて膝を抱える。塀際に五、六株植えてある葉鶏頭が、時折吹いてくる風にゆったりと揺れ、その風が縁先まで吹き入って、藍錆《あいさび》色《いろ》の素袷《すあわせ》の裾を心地よくなぶって通り抜ける。

今年は九月の半ばからお江戸名物空っ風が吹き初め、この分ではきっと大火が起こるに違いないと、町々では常の年よりもいっそう火防《ひぶせ》に心を遣い始めていたところだったが、月が変わるとすっかりと穏やかな天候になり、小春日和《こはるびより》が続いている。

その代わり、なにもする気が起こらない。このところずっと、日がな一日こうやって縁先で庭を眺めているのだ。

――屋敷に居たらこうはいかねえ。

武芸の稽古に出る以外は、暑かろうが寒かろうが、自室の机の前にじっと座っていなければいけないのだからかなわない。ことに御使番《おつかいばん》を勤める親父どのが非番の月は、なにを思いついて急に呼び立てるかわからないから、若党の久内《くない》をごまかして屋敷を抜け出るのもなかなかに苦労だった。

「なにを考えているんです」

気がつくと小僧の四郎吉が、縁に突っ立っている。

「なにを考えようと手前《てめえ》の指図は受けねえ。それよりも突っ立ったまま師匠にもの言うって法があるか」

「親方がいつも寝っころがっているんだからしょうがないじゃないですか」

「寝っころがっていたって、ものは考えている。足に暇なき水鳥だ」

「なんです、その足に紐のない水鳥って」

「あんまりいい陽気だから考え事してるんだ、興ざめするようなこと言ってぶち壊すな。水鳥ってな、傍で見りゃすいすいと楽そうに泳いでるが、足は休みなく動かしてるってことだ」

「じゃ親方と違うじゃありませんか。もう三日もなんにも仕事してないですからね、六兵衛さんが手間賃くれなくなったらどうするんです」

「お前さんが浄瑠璃本の色つけしてるから、大船に乗ったようなもんさ」

「おいらの手間賃で親方を養えるはずないじゃ……」

小僧が言いかけたとき、だれやらが裏口の木戸から入ってきた気配がした。一筋裏の長屋から朝夕の支度に来るおしまばあさんとなにやらぼそぼそ言い合っているが、埒《らち》があかないようである。

「行ってみろ」

ふくれ面して出ていった四郎吉が、すぐに戻ってきた。

「長兵衛親分のとこから来たって言ってますよ」

「今戸《いまど》の口利きなら、庭先へまわれと言え」

おずおずと入ってきたのは、皺を刻んだ渋紙色の、年季の入った百姓女である。

「長兵衛がおれのところへ行けと言ったのか」

新三郎が聞くと、ばあさんは、とんでもないと言うように、指の曲がった手を振った。

「そうだろうな、あの男が身内もつけずお前さん一人を寄越すわけがない。だれかにおれの名を聞いて勝手にやってきたんだろう。ま、いいさ、なんの用だ」

ばあさんは目玉を剝《む》いて喉をごくごくさせるばかりで、言葉が出てこない。

そこへ、庭木戸の向うで「新三郎さま」という声がした。佐野源の兵助《へいすけ》である。

今朝店の前を掃いていた新入りが、このあたりに絵描きのお侍が住んでいるかと聞かれたというので、心配になってきてみたのだと言う。

「それなら来ているぞ」

「どんな用件でございました」

「なに、まだ聞いていない」

庭の隅にかがんでいるばあさんを顎で示す。

「ご知行地からでも、見えましたか」

兵助は、もとは藤村の中間《ちゅうげん》だったから、すぐにそんなふうに思いつくのだろう。

「どこから来たのかも聞く前だ」

兵助が、不審そうに新三郎を仰ぎ見た。

「なんだ、おれのことを聞いたってのは、このばあさんじゃないのか」

「いいえ、浪人風の人相のよくない男だそうで」

このばあさんが現れるまで、おれのところにはだれも来ていないぞと言うと、兵助は小首をかしげ、では新入りの聞き間違いで、と帰ろうとするのを止めて、ものはついでだ、このばあさんの話を聞いてやれ、と言って、刀掛けから大刀だけを取って落とし差しに、庭に下りた。

兵助と入れ替わりに木戸を出る。縁先で四郎吉が、六兵衛さんが来たらなんて言うんですとわめいている。

すれ違った女が、新三郎のなりを見て、立ち止まって顔を仰ぐ。遠目には無地に見える細かな檜垣文《ひがきもん》の藍錆色の袷だが、裾の方の垣に絡みついている蔦のところどころには薄柿色が刺してあるという、凝った文様である。

このところ半月あまりも、格別のわけもなく足を向けなかったら、伏見屋の綾衣太夫《あやぎぬだゆう》からの文《ふみ》が届いた。しかけた仕事もないから、ばあさんの話を聞いてやろうという気になりかけていたのだが、小僧の台詞《せりふ》ではないが、六兵衛が朝駈けしてきて、組物の思案がどうのと言うのを聞くのが面倒だから、兵助にまかせて吉原《なか》に行ってみようと思いついたのだ。

浅草橋から一丁艪に乗る。今戸橋に近づくと、往還の船頭がなにやら騒がしく言い交している。朝早くこのあたりで土左衛門が上がったということらしい。新三郎の舟の船頭が下り舟に向って、また雪女じゃねえのかと大声で聞いている。雪女の水死とはめずらしい、だいたいが雪女が出る時節にはまだ早かろうにと思ったが、船頭や漁師は、板一枚下は地獄という毎日だから迷信深い。彼らだけの隠し言葉かもしれない、どうせなら長兵衛の店に寄って、雪女の土左衛門の珍しい話を聞いてから大門をくぐろうと、例の物好き心が湧いてきて、本龍寺前に出る。

寺の斜め前が長兵衛の店、今日一日の働き口を求める男女で、いま時分は人入れ稼業の一番混み合う時刻である。目ざとく新三郎の姿を見つけた乾分《こぶん》の一人が、すぐさま土間の人立ちをかき分けて奥へ招じ入れる。案の定長兵衛は土左衛門騒ぎで番所に出ている由、呼びにやりましたからじきさま戻りましょう、しばらくのお待ちをと引っ込んでいくとすぐに、半六が剣菱のぬる燗を運んできた。

朝っぱらから取り込みらしいな、と持ちかける。せっかくの新三郎さまのお越しに、雪女の殺しなんどにつき合わされて、申しわけねえこって、と頭を下げる。どうやら雪女が土左衛門になったのではなく、ご定法《じょうほう》通り執り殺したらしい。

「この陽気に、雪女に執り殺される間抜けがいるのか」

新三郎が尋ねると、半六は、

「なに、つまらねえ噂にきまってやす」と銚子を取り上げ、四角い薄紅色の切り身の並んだ皿を、鮭のなまびで、と勧める。脂の乗っているいまの時節の鮭を、塩水に漬けてから干して焼くのだそうで、なかなかの美味である。この半六という男、気立てはよくてもどこか抜けていて、いつも長兵衛にどやされてばかりなのだが、めっぽう料理の腕がいいので、至極に重宝されているのだ。

どすどすと足音がして、お待たせいたしやしたと長兵衛が駆け込んできて、懐からつかみ出した手拭で汗を拭う。

「どうも妙な陽気ですな」

「その陽気に、なんで雪女が出て土左衛門をこさえなきゃならねえ」

「このところで三人、半端男や百姓が朝方に上がったんでやすが、前の夜に向う河岸を白い着物の女が歩いているのを見たって奴がいたりするんで、埒もねえ噂が飛びやして」

「恨みのある奴を執り殺すのが雪女の家業らしいから、わけあっての殺しには違いねえな」

「へえ、役人もそう思っているようでやすが、何分にも上がった仏になんのつながりもねえんで、見当もつかねえようで」

「そういえば、今戸からといって、渋紙色のばあさんがおれを訪ねてきたが、なんか心当たりがあるか」

　首をひねっていた長兵衛が、

「ちょいと思い当たりやせん。お戻りにお寄りくだされば、野郎どもに聞き合わさせておきやす」と言う。

　雪女の件もたいした話もなかったから、そこまでにして新三郎は座を立った。

二

　馴染《なじ》みの揚屋京屋では、新三郎が揚がると、綾衣の顔が見えるまで、よほどの上客でもほとんど座敷には出ない亭主が、あれこれの四方山話で間をつなぐのがきまりである。この前新三郎が揚がった翌日の夜、久しぶりに吉原で心中があったそうで、町役を勤める伏見屋の亭主も狩り出されてたいそうな迷惑だったと言う。お定まりの金に詰まってかと聞くと、亭主が首をかしげ、馴染みでもなんでもない客と心中しちまったんで、見世でも親許へ話そうにもわけが分からず困じ果てたが、ともかくも証文を返して落着したと言っているところへ、綾衣が息を切らせて梯子段を駆け上がってきた。

次の座敷が掛かっているという綾衣が、生き別れほどの騒ぎをするのを振り切って、二《ふ》た時《とき》ほどで京屋をあとにし、また長兵衛の店に立ち寄った。

焦《こが》れ香《こう》というのか、濃い香色《こういろ》の地の袖と裾に、葉を草色や薄紫、梔《くちなし》色、花は蘇芳《すおう》色で萩を染めた袷に着替えている。新三郎の伊達《だて》姿は見馴れているはずの長兵衛も、なんとなくまぶしそうに出迎える。

「お話のばあさんにはまだ見当がつきやせん。わっしの名を使って、万が一にでも新三郎さまにご迷惑が掛かるようでは……」

なに、断りなしに使われるほどにお前さんの名が通っているってことだ、なんかわかったら知らせろとだけで店を出た。

表に追って出た長兵衛に、ふと思い出して、吉原で妙な心中があったそうだなと聞くと、

「中籬《ちゅうまがき》の散茶《さんちゃ》女郎が、裏を返したばかりの客と心中しちまったそうで。死にたいわけのあった客に持ちかけられて、ついふらふらとやっちまったんじゃないかって話でしたが」

「またひどく乱暴な話だな。いくら女郎だっても、一つしかない命だ、ついふらふらと捨てるってことがあるのかね」

「新三郎さまの前ですが、女郎衆ってのは、みんななんかの思いを抱えていやす。ひょいとしたはずみで死にたくなるもんじゃございやせんか」

　柄にもない長兵衛の言葉に、新三郎はたったいま別れてきた綾衣を思い出した。近江の太物《ふともの》屋だったのを、悪い奴に騙されて身上《しんしょう》を失い、一家で江戸に出てきたが、父親は行き倒れて死んだと聞いたことがある。太夫や格子のような位の高い遊女はけっして心中はしないが、廓一の権勢を誇り、大名の息女も及ばぬと言われる贅沢三昧に明け暮れる太夫とて、所詮は男の翫《もてあそ》びものなのだ。

　ふと黙り込んだ新三郎に、長兵衛はあわてて、

「お遊びのお帰りだというのに、とんでもねえ賢《さかしら》を――。興ざめなすったことでやしょう。ご勘弁下さいまし」と謝る。

「なに、お前さんの言う通りだろうさ。客なんてのは、敵方《あいかた》の腹ん中なんか斟酌《しんしゃく》しやしねえ。それで済むからこそ、女郎屋稼業が繁盛するんだからな」

めずらしく理に落ちた話で長兵衛と別れ、新三郎は長谷川町に戻った。

庭木戸から入ると、小僧の四郎吉が、ふくれ面で縁先に出てくる。

「吉原《なか》に行くのなら行くって言ってくれなきゃ困るじゃないですか」

「帰る早々口うるさい町屋《まちや》の女房みたいに言うな。だがどうして吉原とわかる」

「出ていったときと着てるものが違うから、だれにだってわかりますよ」と言ってから、「けど、いい思い付きですねえ、さすが綾衣太夫のお好みだ」と、じっと新三郎の袖の萩の文様を見つめる。

「袂の中までお見通しで褒めるとは、恐れ入るぜ」

袂から綾衣太夫の言付けた小遣いの包みを取り出して放り投げると、四郎吉は、えへへ、と妙な笑い方をして拾いあげ、それでも殊勝らしく押し頂いてから懐に突っ込み、

「親方が出てってすぐに六兵衛さんが来て、午《ひる》過ぎにまたって言って帰りましたよ」

と言う。

「ばあさんはどうした」

「兵助さんが連れてきました」

「助かったな。ほかにだれか来たか」

「来ませんよ。来るあてがあるんなら、言っといて下さい」

どこの世界に小僧に指図される師匠があるってんだ、とぼやきながら奥に入る。あとからついてきた小僧が、

「来たわけじゃないけど、そこの木戸からのぞいて通った人はいましたよ」と言う。

「どんな奴だ」

「どんなって、普通の男の人ですよ。お店《たな》の手代風の」

「浪人ふうの人相の悪い男じゃなかったか」

「そんなのが来るはずだったんですか。だから言っといてくれって……」

小僧がまたふくれ面になりかけたところへ、格子が明いて六兵衛の声がした。

「お戻りでしたか」

小僧が出るまでもなく、押し入ってきて、「妙なばあさんが、娘の仇《かたき》を討ってほしいって言ってましたが」と言う。

そりゃまた大時代なこったと、新三郎は畳にひっくり返った。

「そうでないと、娘が二人も死ぬことになるって、そこんとこへ」と庭先を指し、「座り込んで泣き出しちまったんで、兵助さんが、旦那は用足しが済んだら佐野源にお寄りなさるからって、ばあさんを連れて行き……」

しゃべっている六兵衛の耳元をしっと音を立ててなにかが飛んだ。

六兵衛が思わず首をすくめる。

新三郎が寝ころがったまま、仕込み筆を飛ばしたのだ。左手は腕枕、左膝を軽く立てている。こんな不精ったらしい技が、長年学んだ知新《ちしん》流にあるはずがない。師の澤《さわ》井権太夫《いごんだゆう》が知ったら、いかに愛弟子とはいえさぞ怒ることだろう。

庭木戸の外で、あっと声がした。

どういう打ち方をしたものか、お店者の風の男が、木戸口に脇腹を縫いつけられている。木戸の板を突き通して筆が腹に刺さっているらしい。男は顔をゆがめ、抜き取ろうとするが、木戸が邪魔になって手が届かない。

新三郎は、相変わらず寝ころがったままで、「やい、小僧」と怒鳴った。

縁先で見物していた小僧が、

「怒鳴らなくたって……」といつもの台詞《せりふ》を言いかけ、その声でこっちを向いた男の顔を見て、

「あっ、さっきのぞいて通った人だ」

「やっぱりそうか」

新三郎は立って男の襟元を摑んで庭に引き込んだ。六兵衛と同じ御本手縞《ごほんてじま》の仕着せに、ご丁寧に藍染の前垂れを掛けている。身なりだけなら、中《ちゅう》どこの商家の手代がついそこまで使いに出た体《てい》である。

「痛《いて》えじゃねえか、いきなり乱暴しやがって、膏薬代なしにはすまねえぞ」

引きずられながら男がわめく。

「またひどく荒っぽい口を利くお店者だな。お前さんとこのお店は、奉公人にそういう物言いするように躾《しつ》けているのかね」

男はしまったという顔になったが、

「いきなり乱暴されりゃ、だれだって荒っぽい口の利きようになる。大きなお世話だ」

「毎々言われているから驚かねえ。やい、小僧」

「目の前にいますよ」

「いるのは見えている。紐を持ってこい」

めずらしく小僧が文句も言わず、台所へ入っていったが、すぐに縄を手に戻ってきた。

「今朝方おしまさんが、新漬け沢庵《たくわん》のしっぽをしばって持ってきてましたからね」

「なるほどいい洒落《しやれ》だ。この客人はせいぜい沢庵のしっぽだ」

新三郎が男の両手を庭のひょろ松にくくりつけると、四郎吉に向かい、

「やい、小僧」

「わかってますよ、佐野源に走って兵助さんを呼んできます」

「師匠の先をくぐるなと何度言ったらわかるんだ」

新三郎が怒鳴ったときはもう庭木戸から走り出て行った。

「いったい、どういうことで……」

おそるおそる六兵衛がのぞき込む。

「おれにもわからねえ。さっきお前さん、今朝方のばあさんの娘が二人死ぬと言いかけたな」

「一人はもう死んじまったが、妹の方もほっておくと死ぬから、なんとか旦那に助けていただきたいって言うんで、それだけじゃまるっきりわからないじゃないかと言っても、それから先は言えないの一点張りなんで、兵助さんも往生して——」

「お前さん、その先を知っているかね」

新三郎が男に尋ねる。

「なんの話か、さっぱりわからねえ」

男は、そっぽを向く。

「そのうちわかるだろう、楽しみなこった」

「お楽しみは結構ですがね、旦那。次の組物の思案はおつきになったんでしょうね」

男が縛られたので安心したか、六兵衛が食い込んできた。

「三、四日前、一度思案が湧いたんだが、あんまりいい日和《ひより》が続いたから、溶けちまったのさ」

「ご冗談を。向島の雪女じゃあるまいし」

「さすが地獄耳だ、もう時節はずれの雪女を仕込んだか」

「あれ、雪女がひとり歩きの男を取り殺すって噂、ご存じだったんですか」

　六兵衛が落胆しているところへ、乾分を連れた兵助が駆け込んできた。

「再々木戸口を覗き込んでいたらしい。念のためだ、朝方のばあさんとは一緒にするな」

　乾分に男を渡し、

「ばあさんはどうした」

「ここで言ってたことしか言わねえんで、新三郎さまがお見えになってからのことだって、粥を食わせてます」

「今戸にも心当たりはなさそうだ。長兵衛の名はあのあたりの連中ならみな知っているからな。だが、おれのとこへやってくるというのはどうしたわけだ」

「そのことでしたら、困っているものは必ずお助け下さる絵師のお武家さまが長谷川町においでだって吉原《なか》で聞いたと……」

「なに、吉原でか」

「うちの親分も、そういうからには吉原に引っかかりがあるんだなと聞いたんですが、それ以上は親分にもどうしても口を割れませんで」

「悪事を吐かせるわけじゃないんだ、口を割るってのはないだろう」と新三郎は笑って、たったいま置いたばかりの大刀を刀掛けから取り下ろす。

「ま、またお出かけで――」

萩文様の袂にすがりつかんばかりにおろおろ声になる六兵衛を見返って、

「その代わり、組物の思案はついたからあと三日四日の辛抱だと、お店に戻って一番番頭に言っておけ」

言い捨てて兵助を促し、庭木戸から出た。

三

立て花の宗匠の屋敷の四つ角に出ると、満天星《どうだん》の垣の傍らに、編笠姿の侍が佇んでいた。その姿を見て、新三郎の足が止まった。あとからついてきた兵助が、その場に膝をついた。

「兄上」

侍は編笠を傾げた。次兄の新二郎である。

「御用なれば、中間《ちゆうげん》なりともお寄越し下されば、すぐにも参上いたしましたに」

「うむ。だが自身出向いた方が、話が早いと思ってな」

供の中間一人連れず、大名筋の袴に小豆色の、紋も縫い取っていない無文《むもん》の袷で、まるきりの部屋住み姿である。たったひとりで町屋を訪れるなど、よほどのことがあったに違いない。屋敷の身内で、この長谷川町に足を向けたものはまだいないのだ。新三郎は、

「源助の店に赴くところでした。兵助を供にして佐野源にお入り下さい。連れ立っては目に立ちますゆえ、わたくしはのちほどひとりで参ります。兵助が飲み込んで計らいましょう。」と言って、先に歩き出した。

千七百石新御番頭《ごばんがしら》原島惣右衛門の一人娘と縁組みして養子に入ったこの兄には、年一度、屋敷に年始に来たときに挨拶するくらいだが、部屋住みとはいえ千七百石の後嗣である。その時だとて表門から乗物で入ってくる身分だから、兄弟らしい会話などついぞ交わしたこともない。

だいたいが次兄は、口も頭もよく働く跡継ぎの長兄と、したい放題の暴れん坊の上に神童といわれたほどの手裏剣の才を持つ新三郎にはさまれ、口数少なく、ひっそりと書物に埋もれて暮らしていた。養家先でも身を慎んで、ひたすら武芸と学問に明け暮れているると、親父どのが苦笑いしていたことがある。忍びの他出《たしゅつ》などしたこともあるまい。

芝居町の木戸前を過ぎ、六間町《ろっけん》とは反対の新材木町の方に曲がる。堀留から河岸端

をぐるりと大回りしておやじ橋を渡り、六間町に入った。まさかとは思うが、さっきの半端《はんぱ》男のこともある。跡をつけられているかどうか、たしかめたのである。

実は新三郎は、このところ、どうも人の目に追われているような気がすることがあったのだ。つけられているのとも少し違う。小春日和をいいことに、一日長谷川町で寝ころがっていたのは、そのゆえもある。家にいても日に一度は、やはりだれかに覗き込まれているようだ。

源助の店の前で、兵助が待ち受けていた。

「妙に取り込んで座敷がふさがっちまってますので、例のところに駕籠でお送りして、親分がお供しております」と言う。

「兄上は、町駕籠など用いられたことがないから、さぞ乗りにくかろうよ」

「いい案配に医者駕籠が空いてまして」

「そいつはありがたい」

町駕籠は、垂れもなしでふっ飛ばすから往来からは丸見えで、両刀手挟《たばさ》んだ侍が乗るのはちょっとした覚悟がいるものだ。だがおおかたの乗物屋は、自前でまかなえない町医者のため医者駕籠を用意しているから、それを使えば人目にはつかない。

例のところとは、源助が女に開かせている葉山という料理茶屋である。藤村の知行地の下野《しもつけ》佐野にいたころにかかわりのあった、ときという女が、いろいろあった末江戸に出たきたので、浅草橋に小体《こてい》な店を持たせてもう七、八年になる。佐野源に転がり込んでいた料理人くずれの男が包丁を持ち、小女《こおんな》一人を使ってそこそこにやっている。

一間だけの二階座敷は、大川の眺めが佳いのだが今日は閉め切って、暖かな陽が障子越しに差し込んでいた。

すでに盃が出ていたが、新二郎は手にしていない。

「本日はどのような用向きで屋敷を出られたか、伺ってもかまいませぬか」

座につくなり新三郎が尋ねた。

「七の日は中川先生の稽古日だ。あまり日和がよいのでそこらあたりを散策して戻ると、若党を帰した」

新二郎は、幼年時代から、駿河台の中川伴右衛門の道場に通っている。

「なれば、兵助を原島の屋敷にやって、神田橋あたりで偶然わたくしに出会い、久方振りゆえつい話し込んでいると伝えさせましょう」

「忝《かたじけな》い」

新二郎が、軽く頭を下げる。兵助がすぐに座敷を出た。

「ここは源助の私宅同然の店、六間町より人の出入りが少なく、一切話の洩れる気づかいはありませぬ。どうかお気兼ねなく」

源助も、改めて膝の手をすべらせる。

「すまぬ。日ごろ疎遠にうち過ぎながら、勝手なときばかり迷惑を掛ける」

もともと律儀な兄だったが、長い養子の部屋住み暮らしで、いっそう堅苦しくなったようだ。

「なに、親《しん》は泣き寄りと申しますゆえ」

言ってからしまったと思った。泣きか笑いか、まだ用向きを聞いていない。

「うむ。まこと、有難いものだ」

新二郎は、弟の失言に気もつかない様子である。

「で、なにかお困りのことでも」

「うむ……」

新二郎は、天井を仰いだ。

源助が、座をはずそうとする。

「兄上、お話の筋によっては、源助の力を借りねばなりませぬ。同席させて差しつかえありませぬか」

新二郎は鷹揚《おうよう》にうなずいた。

「なにごとも、おぬしにまかせる」

なるほど千七百石取りの若殿だ、どうでおれは武士には向かねえ、といつものお題目が浮かんできた。

「実は、一つ間違えば幕閣の命取りになるようなことだ」

新二郎はとんでもないことを言い出した。

日ごろから寡黙な義父《ちち》が、半月ほど前からいっそう口数が少なくなり、下城してもすぐに自室に籠ってなにか考え込んでいるのが気にかかっていたところ、先日、暮れ落ちてから客人があった。碁敵《ごがたき》とでもいった私的な客のように見えたのであまり気にも止めず、表台所で夕食をしたため終え、奥に戻ろうとなに心なく客座敷の前を通りかかると、「安芸守《あきのかみ》さまにまでも……」という惣右衛門の声が漏れてきた。その声音が、あまりに重苦しかったので、つい立ち止まってしまったのだと言う。

「安芸守さまというと、若年寄稲垣安芸守さまで」

「新御番頭を勤める義父上がいわれるのだ、稲垣安芸守さまの外にはあるまい」

若年寄は新御番頭にとっての上役である。老中が諸大名を管理するに対して、若年寄は旗本を統括する。お側衆や奏者番《そうじやばん》などの将軍側近から出るが、幕閣最高位の老中に次ぐ地位だから、野心家が多い。若年寄は常に三名は置かれているが、先日大久保隠岐守《おきのかみ》が病《やまい》を得て辞したので、いずれ老中といわれる辣腕《らつわん》の聞こえ高い秋元但馬守《たじまのかみ》と、稲垣安芸守の二名だけになっていた。新二郎の義父原島惣右衛門は、安芸守の引立てによってお役を得たと聞いている。

「安芸守さまが、なんとなされたので」

「うむ……」

またも兄の口が重くなった。

「――わしは……。武士として、慚《は》ずべきことをしてしまったのだ」

立ち聞きして知ったことだから話しにくいのは、言われなくともわかる。

「ご無礼ながら、兄上ご自身のことは後まわしに」

やっとのことで新二郎は、目下柳営《りゅうえい》で、空席の若年寄職をめぐって激甚な争いがあるらしいと語り始めた。そのため老中やその側近はむろんのこと、若年寄に近いといわれる役方のところにまで、さまざまな賂《まいない》が届けられているという噂が飛んでいるというのだ。

「義父上のお顔色のすぐれなかったのは、そのゆえでしたか」

藤村の親父どのはあの通りの気性で、下心あって近寄ってくるやつは真っ向から怒鳴りつけるだろうから、逆作用になる。だが原島惣右衛門は、穏やかな人柄である。どのように処理したらいいか、考えあぐねていたのだろう。

「ところが、さる有力な一頭《ひとかしら》の大名を、密かに殺《あや》めようという企てが起こったらしいのだ」

「なんですと」

さすがの新三郎も、あきれ果てた。権力の座をめぐって大名同士が殺し合いするなど、まるで乱世ではないか。

「どこのだれがそのような愚かなことを」

「いや、義父上も客人も、名は口になされなかった。義父上は、安芸守さまに累《るい》の及ばぬことを、としきりに言っておられたが……」

「客人はどなただったのです」

「それがわからぬのだ。翌朝になっても義父上がなにも言われぬゆえ、家来に問うてみたが、初めてのお顔で、どこのどなたさまか聞かされていないという。それ以上は、根問《ねど》いすることもできぬ」

そこが養子、生まれ育った家なれば、襁《むつき》の時分から仕えてきて、命に替えてもという用人や若党の一人や二人はいるものだ。新二郎は養家に入るにあたって、原島家の人間に成りきるのだと、藤村の家臣は一人も伴って行かなかったから、心を許せる家臣がいないのだろう。

あまりにも雲をつかむような話ゆえ、お役に立つような働きができるかどうか、しばしの時をいただきたいと新三郎は答えた。こんなとんでもない話にうかつに首を突っ込んだら、それこそ藤村の家の存続にかかわりかねない。

新二郎は、よしなに頼むと、源助が待たせていた乗物で帰っていった。

四

兄を送り出すなり、新三郎は畳にひっくり返った。

「いくらおれが物好きだといって、こんな厄介ごとは御免蒙りたいぞ。物好きってのは、手前《てめえ》にかかわりないからこそ安心して首を突っ込めるんだ。身内の揉め事に引っかかって、なにが面白い」

「新三郎さま」

呼びかけた源助の声音が、常のようでない。

「お身内のためにお働きなさいますのは、当然でございましょう。面白ずくでなさるなどもってのほかでございます」

新三郎は、上体を起こした。

「そうか。久しぶりで堅物の兄上と出会って、使い慣れねえ物言いをしていたんで、いなくなったらつい気が緩んだ。お前さんの言う通りさ。おれが好き勝手していられるのも、もとはといえば旗本のせがれだからだ。持て余しものの三男坊が、なんかの役に立つっていうのなら、いつでも立てようじゃないか」

源助は、はっと畳に頭を擦りつけた。

「そのご気性は、十分に存じ上げておりながらつい……」

「なに、おかげで兄上を野暮の骨頂《こっちょう》と切り捨てなくてすんだ。まずだれか山形屋へやって、六兵衛を佐野源に呼び寄せろ」

源助が承知いたしましたと、階下に下りて行くと、入れ替わって、ときが入ってきた。銚子の替わりと、たまり醤油で煎りあげて生姜を加えた黒大豆の小皿を置き、そのまま何も言わずに頭を下げ、出て行く。領主の息と思っているからか、新三郎と直《じき》に口を利いたことはほとんどない。田舎育ちにしては色白で、額の秀でたいかにも賢そうな面持ながら、差し出たことはまるでしない女である。

黒大豆をつまみながら、手酌でぬる燗の剣菱を口に運ぶ。

ほどなく戻ってきた源助に、ぶらぶら歩いて兄上の一件の思案を捻り出そうさと、立ち上がった。

穏やかな陽射しの下りる河岸端を連れ立って歩く。

「あぶなく忘れるところだった。預けたばあさんと客人に挨拶をしなくちゃならねえな」

「あの半端な客人は、ばあさんの様子を探りに来たんでしょうか」

「いくら陽気がおかしいからって、あの二人がおれの家で鉢合わせしなくちゃならねえわけはほかにはねえだろう」

「そうおっしゃればそうですな」

矢の御蔵を右に見て、大名の蔵屋敷の立ち並ぶ中を抜け六間町に入ると、向うから前垂れ姿の六兵衛が小走りにやってくるのが見えた。

「急な御用でお呼びだってんで……」

やっと気づいて前垂れをはずし、埃を払って袂に突っ込んだ。

「いえね、こんなお日和だから蔵に入ってましたもんで」

どんな商売でも天気の日は稼ぎ時だが、湿気の多い日はうかつに書物は拡げられない。地本屋や書物屋の仕事も、よほどに空模様に左右されるらしい。

「その蔵さ」

座敷に落ち着くなり、新三郎が切り出した。

「お前さんとこのお得意さまの高家の石橋の隠居が、常日ごろ欲しがっている書物が蔵にあるかね」

六兵衛は、目を白黒させた。

「急な御用ってのは、それですか」

「まあそんなところだ」

「そりゃま、日ごろからあれこれおっしゃってますが、何分にも値嵩《が》さのものばっかりで、そう右から左には……」

「さしあたってどんなものがある」

「いつもうちにお見えになるたび、蔵から出してお目にかけてるのは、定家卿ご直筆っていう『住吉物語』の絵巻なんですがね」

「そいつはごたいそうなものを抱え込んでいるな。さすが江戸一の地本屋だ」

「定家卿ご直筆かどうかはともかく、足利将軍時代のものだってことはたしかだそうで」

「どれほどの値をつけるつもりだ」

「二百両というのを、百八十三両二分まで値切って手に入れたのが一年前で、商《あきな》いにするならまず三百両から始まりましょうねえ」

「一年寝かせて百両の儲けか。悪くない商売さな」

「百両ったって、菱川の師匠の軸一本の値ですよ。うちだけで年に三本はお引き受けしてますからね」

「おれが軸物を描いたら、どれほどの値をつける」

六兵衛は焦き込んだ。

「だ、旦那、軸物をなすって下さろうってんで、お呼びに……」

「まあそう勢い込むな。もしもという話だ」

「旦那にお渡しする画稿料が一本で、あとはわたしの腕次第で捌《さば》きます」

妙にきっぱり答えたところをみると、山形屋で内々話が出ていたのだろう。

「ふむ。そんなら三本軸物を渡せば、『住吉物語』を手に入れられるな」

六兵衛は呆気にとられて、言葉が出ない。

「なに、無理にとはいわないさ。どっちみちおれが描けば無款《むかん》だ、藤原某と入れればそれで百両だろう」

「ま、そ、それはそうなんですが……」

なにを考えているのかまるで見当がつかないといった顔つきで、六兵衛が新三郎を仰ぐ。

藤原某とは、菱川師宣をさしているのだ。師宣の署名落款《らっかん》のある屛風絵は、大分前から職人が手分けして下絵を描き、跡継ぎの師房か、婿の師永が形にしている。軸物にしても、師宣が自ら筆を取ることなど、近年ではまずありえない。

「六兵衛」

新三郎が改まって呼びかけた。

「藤村の家の奉公人でもねえお前さんに、おれの勝手でずいぶんと面倒をかけてきた」

「な、なにを今更おっしゃいます。わたしは山形屋に奉公しているってことを時折忘れちまってまして……」

「そのお前さんの気持に乗っかって言うんじゃないが、お前さんでないと頼めないことがある」

「そ、そんなことを、だ、旦那に言っていただいて……」

六兵衛は、だっと畳に両手をつかえ、その間に鼻の頭を埋めた。

源助が入ってきたが、込み入ったお話のようでと、そのまま出ていった。

五

四半時ほどのち、六兵衛は別人のような面持になって、店の者には口も利かず帰って行った。源助が、お話はおすみで、と遠慮がちに声を掛ける。

「ばあさんに会ってみるか」

突き当たりの小間で、船を漕いでいたばあさんの肩を源助がたたくと、がくっと首をもたげ、新三郎を見て畳に食いついた。

娘の敵《かたき》を討ってほしいなら役人に訴え出るのが筋だろうと新三郎が言うと、ばあさんは、いくら言ったってても、だれも耳も貸さねえ、と度胸がついたのか、今朝方よりはしっかり答える。

「長兵衛はどうだ」

「長兵衛……さんってだれだね」

ばあさんが言うので、源助もびっくりして、長兵衛を知らないのかと聞くと、知んねえ、とかぶりを振る。

「お前さん、今朝方今戸から来た、と言ったろうが」

新三郎が言うと、こんどはうなずく。

「なるほどわかった。小僧が早合点したな。長兵衛に心当たりがないわけだ」

ま、それはいい、殺された娘ってのは、吉原《なか》の勤めだったのかと聞く。ばあさんの皺だらけの顔がゆがんだ。

「いくら吉原での殺しだといったって、町役の調べはあったろうが」

「殺されたんじゃないからって、調べなんどしてくんねえ」

過ちだってのかと聞くと、いんにゃ、心中だと言う。心中なら、町役が取り合わないのも無理はない。ひょっと気がついて、

「十日ほど前、馴染《なじ》みでもねえ客と心中した妓《おんな》ってのは、お前の娘か」

ばあさんは、こっくりとうなずいた。

「京屋のあるじも妙な心中だと言っていたが、殺されたというのはどうしてだ」

ばあさんは、懐から皺くちゃの紙を引きずり出した。下手くそな仮名で
おかさんげんきですかいいきやくにであったのでじきみうけされますたのしみにまてててください

とある。

「身請してくれようという客がいるのに、心中するはずはないっていうんだな。町役にも見せたか」

「見せたけんども、その話がこわれたんで心中したんだろうって……」と鼻をすする。

「それにしても、娘がもう一人死ぬってのは、どういうわけだ」

突然ばあさんはうわっと泣き出した。

「ひ、人さまに話せば、すぐに、し、死んじまうだあ」

「頼みごとしておきながら話せねえって、始末に負えないばあさんだ」

源助が呆れ返る。

「い、一ん日も早く、か……敵取らねえと、し、死んじ……まうだ」

ばあさんは、しゃくり上げながらわめく。

「妹が一人で敵討ちをおっ始めようってんで、それじゃ返り討ちに遭うとでもいうんだろう。せっかくおれを名指して座敷を掛けてきたんだ、今戸に使いを出せ」

源助が、新三郎さまがお引き受け下さったんだから安心して帰れ、家はどこだ、送ってやろうとばあさんの背中をたたいた。鼻水だらけの顔で、横山だと言うので、そんならわけなしだと源助が立ちかけると首を振って、いんにゃ、二日がかりだと言う。いったいどこの横山町だと聞くと、八王子の在だと言うので、源助もあっけにとられた。

「泥んこの足もとだったから、よっぽど歩いたろうとは思ったが、たいそうな道中さね。今夜はここへ泊めてやれ。この年だ、男ばかりの中においてもどうってこともねえだろうさ」と新三郎は笑って立ち上がる。

座敷に戻ったところで、いま一人の客人はどう扱いましょうと源助が聞く。

ほんとうに娘が殺されたんなら、それを見抜いたばあさんを、殺《や》ったやつが張らせていたのかもしれないぞと新三郎が言うので、そんならばあさんは葉山にやって、野郎はここへしばらく逗留してもらいましょうと言っているところへ、原島の屋敷にやった兵助が帰ってきた。奥方さまが直《じき》にお声をお掛け下さり、久しぶりのことゆえごゆっくりなされませとお伝え下されと仰せになったそうである。

源助が、夜食はこちらでお支度をと言う。そういえば、朝から歩きまわってばかりだったから、京屋で綾衣と形ばかり盃を取ったのと、葉山で黒大豆をつまんだだけで腹が減っている。だれかやっておしまばあさんに断り入れて小僧もこっちへ呼び寄せろと言いつける。

兵助に、新二郎の用向きのあらましを聞かせ、

「若年寄がどうこうなんぞは、おれにとっては月世界の話のようなもんだ。親兄弟のために働くのは当たり前だと源助に諭されたが、いまのところ思案の出しようもねえ。

だが今朝方新入りが見たという浪人体《てい》の素姓がまだ知れねえぞ」

　そうでしたと、兵助が新入りを呼び寄せた。

「その男のことで、なんか気がついたことはなかったか」と聞く。

「つまんねえことでええか」

「構わぬ。なんでも言ってみろ」

「なんてっか、あれは、よっぽどこっちが」と腕を振って「できるんじゃねえかと——」

「たいそうなことを言い出しやがったな」と兵助があきれる。

　なぜだと新三郎が尋ねると、掌《てのひら》にたこがあったという。なるほど武士が剣に励めば、俗にいう竹刀《しない》だこができる。

「お前も竹刀を持ったことがあるな」

　兵助が「この野郎は漁師のせがれのくせしてこっちの方が」とおなじように腕を振って「好きで、どうでも江戸へ出て出世するってんで親が持てあまして、ここへ寄越した変わり種で」と言う。

「今度そいつに出会ったら、すぐにわかるか」

「ああ、目印あっから、おおかたわかるっぺ」

　そいつは頼もしいと言って、下らせた。

　兵助が、まだ礼儀も一向仕込んでおりませんでと謝るのに、江戸へ出て出世したいというほどあって見所があると新三郎は笑った。

もう七つ下がり、昼間暖かい日は暮れ落ちると急に冷え込むもので、なんといっても神無月、薄ら寒くなってきた。

さっきからよい香りがしていたが、鶉の煎り焼きがたっぷりと並んだ大皿が運び込まれた。いつものように剣菱のぬる燗、まずと源助が銚子を取り上げる。新三郎が盃を手にしたところへ、だっと足音がして、新三郎さまっと留吉が駆け込んできた。

「馬鹿野郎っ」

源助が怒鳴る。日ごろは佐野源の乾分の中では穏やかな方の留吉である。

「で、で、でも、四郎吉どんが——」

新三郎は、盃をおいてさっと立ち上がった。

「どうした、怪我でもしたか」

「い、いえ、ま、間に合った……」

留吉のうしろに、四郎吉が照れくさそうににやにやして立っていたから、座にいたものはほっと息をついだ。

「おしまさんに断り入れるのがおっかねえって四郎吉どんが言うんで、あっしが路地裏に行って帰ってきやすと、台所の柱に抱きついてやして——」

源助が、だれが抱きついてたんだっと、温厚なこの男にはめずらしく怒鳴り上げる。

「そ、その、四郎吉どんが抱きついてやして、その肩を、浪人風の男が引っ張ってやしたんで、取りあえずそいつをぶっとばして、駈けてきたんで……」

息を切って言う。

「今朝方の男だな。四郎吉を捕まえたって、一文にもならねえにな。だがちょいとの間、四郎吉さまを本丸にお入れしてお守り申し上げろ。おれの物好きで万一のことがあっちゃ、猿屋町のおっかさんに合わせる顔がねえ」

四郎吉の母親は、浅草猿屋町の長屋で一人暮らしをしている。

「長谷川町を張っていたら、お前さんが四郎吉を連れにやってきたんで、気づかれたと勘違いして強引に出たんだろう。念のため、葉山の方も腕っぷしの強いのに見張らせておけ。それから今戸に一人やって、吉原《なか》の心中の顚末《てんまつ》を聞き上げて来い」

次々と源助に命じ、

「おっかなかったか」と四郎吉に尋ねる。

「ちっとはおっかなかったけど、どんなことになったっても、親方が助けに来てくれるってわかってますからね、へっちゃらですよ」

と鼻をこすり上げる。

「若君さまにそこまで言われちゃ、どうでも見捨てるわけにはいかねえな。それにしても腹が減ってはなんとやらだ」

新三郎が座り直したので、途切れていた膳が運び込まれた。鶏の骨を煎って煮出した汁に種々の茸が入った椀、出汁だまりでさっと煮て花鰹をたっぷりとのせた熱々《あつあつ》の豆腐、四郎吉はものも言わず飯茶碗を抱え込んでいる。

飯を食ったらもうすることはないと、新三郎がごろりと横になったので、源助も四郎吉を伴って下がり、座敷には兵助だけが残った。

いつのまにか風が出て、戸障子が軽く鳴っている。

「兵助」

目を閉じていた新三郎が、呼びかけた。

「お目覚めなんで」

「うむ」

それきりなにも言わない新三郎に、兵助が、「御酒を、お持ちいたしやしょうか」と尋ねた。

「そうさな。四郎吉の騒ぎで、すぐ飯にしてしまったからな」

「とりあえずは冷やでご勘弁を」

銚子と、焙ったいりこにわかめを盛った折敷を持ってきて新三郎の前におく。

冷や酒をなめながら、新三郎は黙って座敷の薄暗がりを見つめている。盃がからになるたびに銚子を取り上げていた兵助が、とうとうたまりかねたように、

「新三郎さま、なにかお考えで」

常は、新三郎のすることに問いをはさまない兵助である。

「うむ」

新三郎は、また盃を干して、

「人の欲ってなあ、限りもねえもんだと思っていたのさ」

盃を満たして兵助が新三郎を振り仰ぐ。

「諸民の上に立つ侍に生まれりゃ、働かなくったってとりあえずはおまんまの食いはぐれはねえ。なんだってまた、人を殺してまで役につきたいかね」

「さて、それは……」

「若年寄ってな、御連枝《ごれんし》以外は万石二万石の小大名がなるもんだ。だがうまくやって老中に成り上がれりゃ、何十万石の国持大名も人前で呼び捨てにするってんだから、さぞ応《こた》えられねえだろうよ。だからといって、人を殺してもいいって法はねえ」

「……まったくで」

「競い合ってる大名同士がどっちかを殺《や》っちまったら、すぐに相手方に疑いがかかるから、結句共倒れだ。こんなことがわからなくて若年寄が勤まるはずがねえ。それにいくら万石そこそこだって大名だ、人知れず殺すなんざ、そう簡単にはできまいよ」

「おっしゃる通りで」

これには兵助もすぐに返答する。

「だが……」

新三郎は、なぜかふっと口を閉ざして盃を含んだ。

兵助が酌をしようとすると、手を振って盆に伏せ、

「冷やはまわりが早い。明日は朝駈けで今戸から返事が来るだろうから、この勢いで寝ておくさ」

ごろりと寝ころがる。

じきに寝息が聞こえてきた。兵助が、そっと座敷を出て行った。

六

どのくらい経ったか、突如新三郎が跳ね起きた。

仕込み筆が覗き窓の障子を突き破り、庭先の闇に向かって飛んだ。

七日の月はとうに西に入っている。

兵助が駆け込んで来た。

「塀を越して逃げた奴がいる。念のため店うちを調べろ」

走り出る兵助の背中に、つないでおいた客人はどうしている、と新三郎の声が飛ぶ。

ばっばっと家中に灯りがともり、乾分を叱咤する源助の声が響く。たちまちに店うちは男どもの怒号であふれ返った。

庭の奥から、親分っ、と大声がした。だっと何人もの足音が庭に向かう。

「新三郎さまっ」

兵助が駈け戻った。

「客人が逃げたか」

「い、いいえ、殺されてやす」

「なんだと」

大刀を引っつかんで庭に飛び下りる。

敷地の隅の丸太を組み上げて造った頑丈な小屋の前に、大勢集まっている。

小屋の中で、男が倒れ込んでいた。首筋にぱっくりと大穴が開き、血が噴き出している。むっと鼻をつく血の臭い、たちまちあたりが真っ赤になる。乾分の差し出す灯りに、放り込んである箒や鍬ばかりか、天井にも血しぶきがはね上がっているのが見える。

「ううむ」

新三郎も思わず唸った。

「眠り込んでいるところを、後ろから一えぐりで頸の血筋をかっ切ったな。切った奴は返り血も浴びていまい。よっぽど手慣れたやり方だ」

　がらくたを放り込んである小屋だが、世話した先で盗みを働くなど、不心得があったと突き返されてきた渡り者を取りあえず入れておくために、中から出られぬよう頑丈な貫の木が差し込んである。だが、外からはその貫の木を外しさえすれば簡単に開けられる。

「なんとお詫び申し上げたらいいか、佐野源、一世一代の不覚でございます」

　源助が頭を地面にこすりつける。

「預かったやつを殺されたと世間に広まれば、お前さんの稼業の瑕《きず》だ。うまく運べ」

　乾分どもが、手慣れた様子で男の始末にとりかかる。

　座敷に戻った新三郎に、兵助が、

「口封じでやしょうが、大もとはいったい、なんなんで」

　つくづくわからないとばかりに首をひねる。

　答えず新三郎は、立って覗き窓から空を見上げた。殺された男を見たときから、なにか引っかかるものがあるような気がして、落ち着きが悪いのだ。

　まだ東の空も明るんでもいない。八つ半すぎたばかりだろう。

「お清めに熱燗をお持ちいたしやす」

　銚子を載せた盆を持って戻ってきた兵助に、「あの男の死に様《ざま》で、なんか気がついたことはなかったか」と聞く。

「さて、殺《や》ったやつはたいそうな腕だとは思いやしたが……」

兵助も首をひねる。

「居眠っていたところを後ろから忍び寄って、一気にかっ切ったんだろうが……」と言いかけて、「あの新入りをもう一度呼んでこい」

急に大声になった。

兵助があわてて座敷を飛び出し、すぐに新入りを連れて戻る。

「お前さん、昨日の朝出会った野郎には目印があると言ったが、その男、左利きだったか」

新入りは別段驚きもせず、

「んだ、話してるとき、右手がふさがってるわけでもねえに、左手で懐から手拭引っ張り出しただ。たこも左手にあったで、こら左利きだっぺと思っただ」

「それじゃ、新三郎さまのことを聞いた男が、あの野郎を殺ったんで――」

兵助の顔色が変わった。

「鎌みたいな刃先の曲がった刃物じゃねえかぎり、後ろから首をねらえば、喉頸の右側に切り口が開く。ありゃ小刀を左に持って、一息にえぐるなり飛びすさったんだ」

源助が入ってきた。

「まことにもって、お恥ずかしい不始末」

また深々と頭を下げる。

「出来ちまったことはしかたない」

それよりもと、新三郎は、めずらしくこんどの件について話し始めた。

心中したという娘はまちがいなく殺しだ。それを見抜いたばあさんの跡を、半端男を雇ってつけさせたのだ。殺したのは、左利きだろう。佐野源で責められて吐くといけないと男の口を封じてしまったので、偽心中《にせしんじゅう》が大事の一端だということがはっきりしてきた。一方、佐野源で左利きが新三郎のことを尋ねたときはまだ、ばあさんは長谷川町に現れていないから、左利きはばあさんの動きとは別に、新三郎になんらかの関心を持っていたことになる。四郎吉を攫《さら》おうとしたのは、新三郎をおびき出すためである。小僧が言った通り、新三郎はかならず助けに出向く。いや、攫われたのがだれであろうと、新三郎は動く。

「やつがそう思っているとしたら、攫うのは四郎吉でなくともいいわけだ」

「そ、そんな無体《むたい》な。なにがいったい……」

たいがいのことには驚かない源助が、しどろもどろになる。

「だれが攫われるか、見当もつかないんだから、手の打ちようがねえ。だが念のため、原島の兄上には、身辺にお気をつけられるよう伝えねばなるまい」

「あっしが参ります。ご口上を」

兵助が膝を進める。

「うむ。兄上はたいそう漢籍を好まれている。明日早々に石町《こくちょう》の吉文字屋に使いを立てて、珍しいものが入っていたら長谷川町に届けろと言え。それを持って、昼前にも原島の屋敷に行け」

かしこまりましたと、兵助が頭を下げる。

「新三郎さまをおびき出して、いったいどうしようてんでしょうか」

ようやくに源助が口を開いた。

「相手の姿さえまだ見えねえんだから、見当もつかねえ。ま、待つしかないだろう」

夜明けまで間がある、少し眠っておくさ、と寝ころんだので、源助もそこまでで下がって行った。

七

聞き覚えのある大声がして、新三郎は目を覚ました。すっかり眠り込んだらしい。この陽の高さでは、かれこれ五つだろう。

今日もよい日和である。庭先に、だれが植えたのか、花びらの先が蘇芳《すおう》色に移ろった白い小菊の群れが揺れている。昨夜の取り込みのあとはもうまるで窺えない。

起き上がって店先に出る。

「お目を覚ましてしまいやしたか。申しわけございやせん」

案の定長兵衛がいかつい身体を縮めた。

心中した女郎は、江戸町の中籬《ちゆうまがき》尾花屋の散茶《さんちや》女郎菊乃という十九になる女で、見世を張って三年、派手なところはないが客には親身に尽くすというので、馴染《なじみ》客もついていたそうである。女はしごきで首を絞められ、男は梁に自分の帯を掛けて首吊りしていたから、男が女を絞めたあとで死んだんだろうと検分の役人が言い、それでことは済んだと長兵衛が言う。だがばあさんの言ったように、菊乃には、最近身請けの話が起こっていたそうだ。

「その客と心中しちまったのか」

「いえ、まるで違う客で、一見《いちげん》で上がったのが半月ほど前、それからすぐに裏を返して、馴染みになろうって夜にやっちまったってんで」

たった三回の出会いで心中したことになる。

「書置きはあったのか」

「枕許に、おっかさん、すみませんってとこまで書きかけた文があったそうで」

それだけなら、なんの文にでもなる。

身請けの客は葛飾《かつしか》の大百姓の息子という触れ込みだったそうで、あれこれの払いともで八十五両、中払いまでにも届けると言っていたのが、女が死んじまったあと一度も顔を出さないので、どっかで心中の噂を聞いたんだろうと尾花屋の主《あるじ》が言っていたそうである。それにしても中払いといえばこの月の末、来月には晴れて廓《くるわ》を出られるというのに、なんでまた馴染みよしみもない客と心中してしまったのか、みんな不思議がっているという。

「いや、身請けがこわれたんで自棄《やけ》起こして、たまたま出会った死にたがってる客と心中したってことで立派に片がつく。だが、それですむ話なら、ばあさんの跡をつけたり、つけさせたやつの口を封じたりすることはねえ。ばあさんがなんとか言ってくれりゃいいんだが、言えばもう一人娘が死ぬってんだから、どうにもならねえ。菊乃って妓《おんな》の妹も、吉原《なか》にいるのかね」

「さて、そこまでは聞き出しませんでした」

長兵衛が申しわけなさそうに頭をかく。

「聞き合わせておけ。ひょっと妹がいて、ほんとに死んじまうといけない」

承知いたしやしたと頭を下げてから、

「これはこれとして新三郎さま、出過ぎたことを申すようでやすが、お兄上さまのことで、あっしらになにかお役に立つことがありやせんでしょうか」

長兵衛が遠慮がちに言い出した。

「うむ。だがまだおれにも、なにをしていいのか、まるっきり見当がつかないのさ。いずれ命を借りるようなことになろうから、覚悟しておけ」と笑って、「腹が減ったぞ。おしまばあさんが機嫌そこねているだろうから、長谷川町に帰っても朝飯は食いはぐれるからな」と、座敷に戻った。

朝っぱらから玉子の蓑煮《みのに》汁、鮒の煮びたしにあぶった浅草のり、楊梅《やまもも》の酢漬けという献立、相伴の四郎吉は、もう声も出ない。

念のため四郎吉は佐野源に残して、新三郎はひとり長谷川町に帰った。すっかり高くなった陽が背中を追っかける。

いつものように庭木戸から入ると、留吉が小僧を助けて飛び出したまんまで、まるで戸締まりもしていない。盗られて惜しいようなものがあるわけではないから一向構わないが、四郎吉が柱に抱きついていたというだけあって、台所のあちこちに、皿小鉢が飛び散っている。こんなことなら、おしまばあさんに掃除に来させるのだったと、座敷に入って例の通りひっくり返る。

ぽかぽかした陽が寝ころんだ腹のあたりまで差し込んで、いい心持ちである。だが朝方ぐっすり眠ったせいか、眠気はささない。

――殺伐とした話は似合わねえ陽気だな。

そう思ったとたん、雪女を思い出した。常の新三郎なら、組物ほうり出して今戸に出向き、これ以上人死《ひとじ》に出さねえようにと、早速に雪女退治をしているところである。

急に起き上がって画室に入り、紙を繰り延べる。いつもはおしまばあさんが朝の膳を調えている間に、小僧が墨を摺っておくのだが、今朝は筆を洗うところから自分でしなければならない。筆洗を持って台所に立ったところへ、表口で「ごめんなさいまし」という声がした。聞き覚えのある声だと出てみると、山形屋のあるじ重右衛門である。後ろに六兵衛が神妙な顔つきで控えている。

昨夜《ゆうべ》六兵衛が、思い詰めた顔で打ち明けた話に、そんなことはお前さんの手には負えまいと、今朝一番で『住吉物語』を持参して石橋さまに伺って参りましたと、重右衛門が言う。

「さる御方からとだけ申しましたが、深くもお聞きにならず、ご存じのことをお教え下さいました」

「高家というのは、物を貰いつけているからな。それで禄高以上の暮らしができるのさ」

「若年寄のお役は、なん頭《かしら》ものお大名がお望みだそうですが、中でも、ご奏者番《そうじやばん》御譜代下野壬生二万石の三浦壱岐守《いきのかみ》さま、奥詰土佐中村三万石の山内大膳亮《だいぜんのすけ》さまがご執心とやら、近くそのどちらかに決まるだろうと仰せになりました」

「なるほど、三浦が譜代で、一方は外様《とざま》だが山内一豊以来の名家で三万石となると、これはなかなかの勝負だ」

　三万石以上で若年寄になると、老中に昇進することが多いと聞いている。いったいが若年寄という職は、大方は一万石から三万石の譜代の小大名が就くが、外様でも城を持たない領主なら、願い譜代となって若年寄になれるそうだ。外様で城持ちの、十万石を越える大大名が徳川を守る旗本を統括する職については、万々が一の場合、幕府の実権が揺らぐことにもなりかねないからだろう。

　重右衛門が帰ったあとで六兵衛が、

「お役に立ちましたでしょうか」と心もとなそうに言う。

「さすが山形屋、太っ腹なものだな。大助かりさ。だがこれだけの話が三百両とは、高家ってのもいい商売さね」

「ま、そうおっしゃればそうですが……」

「おかげで根元は見えたが、先が見通せねえ」

　めずらしく、弱気なことを言う。

　わたしに、またなにかできますでしょうかと、殊勝な声で六兵衛が聞くので、

「差し当たってお前さんにできるってのは、軸物だ組物だとせっつかねえことだ」

「そりゃもう、あるじが心得ているからには、お気が向くまでお待ちいたしましょう

から、お気兼ねなく」

　そいつは豪気だ、ずっとそう願いたいと、新三郎は引っくり返って天井睨《にら》みを始めた。

　こうなるともう、なにも話してくれないことは六兵衛も重々承知しているので、そのまま素直に帰っていった。

　――厭なことをやっちまったが、背に腹替えられねえからな。

　どこどこの大名が若年寄をめぐって争っているのか聞き出すため、山形屋の得意客高家の石橋の隠居が欲しがっているという『住吉物語』の絵巻を、新三郎が買い取ることにして隠居に贈ったのだ。だが、どっちが相手を殺そうと企んでいるのかは、見当がつかない。

　そこへまた表口に訪《おとな》う声がした。

「やい、小……」と言いかけて気づき、自身出てみると、本屋の吉文字屋の手代が、風呂敷包みを背負って立っている。手代をそのまま待たせておいて三冊を選び、文をしたためてしっかりと封締めした上、いっしょに佐野源に届けろと渡す。

　吉文字屋の手代が出て行くと、新三郎は奥の間に入り、渋柿色、洗い柿薄柿と裾の方からぼかしをかけた地に、肩裾には苔色で蔓に瓢簞《ひょうたん》の下がった文様を染めてある、おそろしく目立つ袷に着替え、刀は差さず、例の仕込み筆の入った矢立てを懐にほうり込んだだけで、履き捨ての草履を履いて、表口から外に出た。

ゆったりした足取りで、芝居町に向かう。

堺町《さかい》の中村座は、明年も市川団十郎、宮崎伝吉、中村伝九郎と、実力派の立役に敵《かたき》役《やく》人気筆頭の山中平九郎が出るそうで、来月に迫った顔見世景気に沸き立っている。葺屋町の市村座は、江戸随一の美男役者中村七三郎が居続け、これまた大入り疑いなしだそうである。

新三郎は、のんびり両座の絵看板を見上げてから、菱川派が描いている人形浄瑠璃の薩摩《さつま》太夫《だゆう》座の看板もじっくりと見て葺屋町の木戸口を抜け、堀を一回りして、行きつけの村松町の蕎麦切り屋に入った。いつものように冷や酒と蕎麦味噌を頼む。朝飯を鱈ふく食ったので、まだ腹は減っていない。蕎麦は遠慮して、味噌を嘗めながらゆるりと冷やを味わい、四半時も過ごしてやっと長谷川町に戻った。

相変わらず散らかったままなので気分が悪いが、致し方ない。いったん画室に入ったが、すぐに出てきて、また着替える。山鳩色というのか、緑がかった灰色の地のところどころに雁金《かりがね》を薄く抜いた袷に、胡桃《くるみ》染めの無文《むもん》の袴をつけ、両刀を手挟《たばさ》んで、いかにも旗本の息といったなりで外に出た。

今度は規則正しい足取りで、日本橋に向かう。脇目も振らず、京橋、新橋、芝とさっさと歩き続け、愛宕さまの石段下から青山に入り、梅窓院《ばいそういん》の横手の道を曲がった。

八

一ッ《い》時《とき》半ほどで、梅窓院横から出てきた新三郎は、また規則正しい歩速で日本橋に向かう。しっかり歩いたからさすがに腹が減って、愛宕下で煮売り屋に入り、牛蒡《ごぼう》汁と豆腐の雉焼きで飯を二杯替え、これで落ち着いたと、またさっさと歩いて七つ過ぎに佐野源に着いた。

兵助がすぐに顔を出し、いまほど長谷川町に伺いましたが、お留守だったので、と懐から封じた文を取り出す。お望みの書物をお届けに上がりましたと申し上げましたら新二郎さまはたいそうお喜びでいらっしゃいましたと言う。その場で兄の文を開き、懐に入れて座敷に上がると、源助がなにやらむずかしい顔つきで待ち構えていた。

「ときのやつが、余計なこと言ってきやして……」と仏頂面で言う。照れ隠しで渋面作っているのはわかっているから、笑いを殺して顎で先を促す。

葉山では、一間切りの二階にばあさんを据え、乾分が梯子の下で二六時中張っているが、飯時にはときが膳を持って上がって、しばらく相手をしているのだそうだ。ところが朝飯時、ばあさんが、今朝方は吉原で人殺しはなかったかね、と言い出したという。

「やはり、吉原《なか》に妹がいるのかね」

「それっきりまた口を閉ざしちまったんで、とにかくお知らせにと――」

四郎吉が座敷に駆け込んできて、お屋敷に行ったんですかと聞く。新三郎が黙って首を振ると、それじゃあ、青山の道場だ、と一人で合点し、またさっさと出ていった。

「あの野郎、おれが袴を着けていれば、四谷の屋敷か澤井道場だと心得ていやがる」

新三郎は苦笑いし、

「当たっているからおそろしい。だがおれだって、たまにはこんななりのまま、吉原へ繰り込むこともあるさ」と立ち上がった。

源助が、お駕籠《とも》を、と追ってくるのを、なに、こんな陽気は舟に限ると佐野源を出た。


この月の初めから、吉原にまた夜見世が許されたので、暮れかけた今頃からがまた、たいへんな賑わいである。

駒形で舟を下りて田町の茶屋で編笠を借り、目深く着て大門をくぐった。

まっすぐに揚屋町に向かい、京屋の暖簾《のれん》を分けると、土間にいた顔なじみの妓夫《ぎう》が仰天する。昨日揚がったばかりである。どんなに間が詰まっても十日は空くのが常の新三郎の通い方だから、妓夫が、ただ今すぐ伏見屋に、と走り出ようとするのを止め、あるじを呼べという。なにはともあれ、いつもの座敷に揚がり、盃の箱が運ばれてくるとすぐ、あるじが出てきた。

今日は綾衣には通すなと新三郎がのっけに言うので、あるじも驚く。

半時ほど後、新三郎は江戸町の尾花屋にあらわれた。四、五百石だがお役付きで羽振りのいい旗本の部屋住みといったなりだから、こんな見世には上客である。一見《いちげん》とはわかっていても、妓夫が丁重に、お馴染《なじ》みは、と腰を屈める。

「菊乃という女郎がいいと聞いてきた」

びっくりした妓夫が、新三郎の顔を仰いだ。

「そ、その、菊乃は……」

「ふさがっていれば、一まわりしてこよう。なに、久方振りの夜見世遊びだ、あちこち見物するのも悪くない」

いえ、ついこないだ、死にまして……と、しどろもどろになる。

「なに、死んだのか。急な病《やまい》ででもあったのかね」

「ま、そ、そんなこって」

「そいつあ残念だ、せっかく悪仲間《わる》が、いまどきめずらしい心根のいい女だってえから、馴染みになってもらおうと思ったに、ない縁ってのは、どうしようもねえな。出直してくるからその時はいい妓《こ》を頼む」

立ち去ろうとする袖を引っ張って、

「旦那、気立てのいい妓がちょうど空いておりやす。菊乃の供養《くよう》にどうかお揚がりなすって」

「なるほどな」

新三郎は、ちょっと考え、

「逢ったこともない妓《おんな》だが、お前さんの言う通り供養という縁もあるだろうさ。菊乃の朋輩で、ことに仲の良かったのがいたら、呼んでもらおう」

妓夫は、揉み手して二階へ案内する。

常は揚屋で遊ぶばかりで、中籬《ちゅうまがき》の女郎屋の二階など揚がったことがないから、めずらしくて部屋の内を見まわす。畳六枚ほどの部屋の隅に、褪せかかってはいるが一応紫地に丸に蔦紋のある覆いをかけた積み布団、その脇に小振りながら箪笥《たんす》長持、身仕舞道具もあって、衣桁《いこう》にそこそこの衣装がかかっている。部屋の真ん中に、これだけはかなり高価そうな造りの煙草盆《たばこぼん》がおいてある。

座る間もなく、銚子盆を持った妓が入ってきた。後ろから初会の客の品定めの遣手《やりて》がついてきて、新三郎の様子を見るとにんまり笑い、綾乃さん、あと詰めて、よくよくお勤めよと妓に言ってから、旦那、ごゆるりとお遊びなさいましと平蹲《へいつくば》った。

胸元に祝儀を投げ、紙包みの重さを量ってくどくど礼を言う遣手を手を振って去らせ、胸のうちで、綾乃とはなと辟易して妓の顔を見た。綾衣太夫に似ても似つかぬ平らべったい顔だが、真ん中に案外と形のいい鼻がちんまりと据わっているのが愛敬で、これはこれで男好きもするのだろう。

とりあえず盃を受け、菊乃ってのは、死んじまったそうだなと持ちかける。妓は少したためらってから、どうせ吉原《なか》じゃみんな知ってることですけど、とため息をついて、心中しちまったんですよと言う。よっぽど惚れた間夫《まぶ》でもあったのかと聞くと首を振って、裏を返したばっかりのお客さんでねえ、あたしもまるっきりわけがわからないと、もう一度ため息をついた。

「だって、葛飾のお客と身請けの話が決まってたんですからねえ」

「そりゃ妙だな。身請けの客ってのはどんな男だ」

「あたしもなんどか一座したけど、草相撲の前頭だったってほど身体のがっしりした、とっても気のいい人でねえ、菊さんが八王子の在の百姓の娘で野良仕事にも慣れてるっていうんで、女房にして二人で百姓に精出すって、喜んでたんですよ」

おとっつあんが死んで生まれて初めて江戸見物に出てきたとき、ひょんなことでこの見世に入って、そのとき菊さんが敵方《あいかた》になってね、それから菊さん一筋でねえ、としんみりする。

「菊さんも、見世を張ったすぐだったねえ」

そうとすればたがいに初《う》ぶで出会って、三年近い馴染みということになる。思い出したのか、綾乃は、袂で目頭を押さえている。

遣手が台の物を運び込んできた。上客とみて、遣わせるつもりだろう。乾涸《ひから》びた刺身やかまぼこ、玉子焼などを一つの台に詰め込んである、廓《くるわ》独特の台の物など、到底箸をつける気になれない。太夫や格子女郎はけっして客の前では物を口にしないが、散茶《さんちゃ》あたりはそうではないと見え、綾乃は新三郎に許しを求めて、うれしそうに口に運ぶ。

「身請けの前に心中したんじゃ、在所の親もさぞ悲しんだろうな」

綾乃は玉子焼を飲み込んで、

「おっかさんと妹が来て、姉さんは心中なんかしない、殺されたんだ、ってお役人にしがみついて泣いていたねえ。無理もないと思うけど、ほんとに心中してたんだから、どうしようもないよねえ」とまた涙ぐんだ。

あたしとしたことが、おしゃべりに夢中になっちまってと、立って積み布団の覆いをはずそうとするのを押さえ、手を打つ。上がってきた小女《こおんな》に、菊乃の供養だ、朝までこの妓を揚げ詰めにするから、好きなものを誂えさせて朋輩にも振る舞えと言う。

「お前は気のいい妓だ、きっといい客にめぐり会うから、身体に気をつけてしっかり勤めるんだな」

「お客さん、裏を返しておくんなさいよ、きっとですよ」

膝にすがりつくのにうなずいて、ひょいと思い出したように、その妹ってのも、吉原勤めかと聞くと、いいえ、在所でおっかさんと百姓してるっ言ってたねえと、また思い出すまなざしになった。

「うちの親方はいいひとだから、きまりで道具着類《きるい》は一切渡せないが、証文は返すって言ったけど、死んじまったんだから、証文返されてもどうにもならないねえ。妹が、形見に一枚でも着たものをって泣いて、八朔《はっさく》の着付けを持って帰ったっけが、どうしているかねえ」

勤め半ばで死にでもすると、印判《いんばん》押した親兄弟に、年季の残りを返せという抱え主がいると聞いているから、尾花屋のあるじはたしかにいいひとなのだろう。

「葛飾の男はどうした、ずいぶんとがっかりしただろうな」

「それが、ばったりと顔を見せなくなったんですよ。金の用意ができなくなって、身請けが駄目になったから、それで馴染みよしみもないお客と心中しちゃったんだろうかって、ねえ」

聞くだけのことは聞いたので、帳場に綾乃を朝まで揚げ詰めにした分で金を払い、編笠と大小を受け取って表に出る。角口まで送って出た綾乃が、新三郎の肩に手をおいて、かならず裏を返しておくんなさいと何度も言う。太夫は揚屋の門口まで送って出ることなど、けっしてしないから、門行灯《かどあんどん》の火影の揺れるこの風情《ふぜい》も、なかなか悪くないなど思いながら、新三郎は尾花屋をあとにした。

かれこれ四つ近いだろう。引け前に大門を出ないと泊まりになるから、つい急ぎ足になる。同じ思いの客で混み合っている仲之町を抜けて大門を出て、今戸の長兵衛の店の大戸をたたく。

稼業がら不寝番がいるから、だれだ、とすぐ太い声が返ってきた。おれだ、長谷川町だ、と言うと、へっと妙な返事がして、それでもいったん細目にくぐりが明き、こっちを透かして見てから、からりと明いた。

長兵衛があわてて起き出してきた。とにかく向こう岸まで渡せと言うと、雪女に出会おうっておつもりで、とさすがに言い当てる。毎夜男を執り殺すっていう季節はずれの雪女に、いっぺんは出会ってみねえことには物好きの名折れだと笑うと、長兵衛は、行徳の漁師のせがれで今戸では一番の竿利《き》きの市蔵を呼び、わっしもお供いたしやすと帯を締め直す。

「雪女は、ひとり歩きの男を狙うってじゃねえか」

お邪魔はいたしやせんからという長兵衛も乗せて、今戸橋の上《かみ》の渡し場から市蔵が一丁艪を操り、なんなく向こう岸に渡す。その間に長兵衛から雪女の一件のあらましを聞き上げる。

　ほんとうに雪女に殺《や》られたのかどうか、殺された人間は口無しでわからないが、何人もの男が、白い着物で髪振り乱した女に出会っているので、運の悪いのがとっつかまって執り殺されたのだろうという。上がった男はみな水を飲んで死んだらしく、切り傷も首を絞められたようすもないそうで、雪女は月が入ってから牛《うし》の御前宮《おまえのみや》のまわりで出るというので、ひとり歩きが少なくなると思いの外、新三郎のように、ぜひに出会いたいという物好きが毎夜出て、結句だれかが殺されるというのだから、さすがお江戸である。

　だが、雪女というのは、凍えて死んだ女がその恨みを晴らすために執り殺すと芝居で見た覚えがある。なんのかかわりもない男を執り殺す雪女ってのもめずらしいじゃねえかと言うと、長兵衛が、どっちにしろ時節はずれでやすから、狂ってましょうよとあっさり言うので、新三郎もつい笑った。

　向島の渡し場で舟を下り、お帰りまでお待ちいたしますという長兵衛をおいて、新三郎はぶらぶら牛の御前宮の方に歩き初めた。

　なるほど時折、用もなさそうなひとり歩きの男にすれ違う。社殿の前に座っている石の牛が、常夜灯の光にぼんやりと見えてきた。

　雪女とて、真っ暗闇では出られまいから、いいところを選んだものだと、新三郎は鳥居をくぐり、境内に歩み入った。と、社殿の前に四、五本ある松の梢で、ばさりと音がした。見上げたが、なにもいない。夜鴉だろうと、かまわず社殿の裏にまわる。庭にはかなり大きな池があり、朱塗りの太鼓橋が掛かっている。橋のたもとの常夜灯の明りで、池の面がちらちらと光っている。

突然、新三郎の手から池の彼方に向かって仕込み筆が飛んだ。あっと言う男の声がしたが、締めを張ってある太鼓橋なので、渡ることができない。池を一回りしているうちには、逃げてしまうだろう。どっちにしても、男の声だったから、雪女ではあるまい。傷をつけるつもりはなく、ただの脅《おど》しに打ったのだが、もしやして物好きに出歩いている男だったら面倒なことになると、新三郎は、そのままきびすを返した。

向島の渡しに戻り、待っていた長兵衛にこれこれと語って、あすを待とうと今戸に戻った。

九

座敷に延べてある床の裾に、長兵衛が膝をそろえてかしこまった。

「お疲れのところをなんでやすが新三郎さま、なんかわっしらに隠しておいでのことは、おありじゃございやせんか」

お前さんたちに隠し事してどうすると笑ったが、長兵衛は、

「お兄上さまのため、いえ、譜代の旗本として徳川のため、お命を張ろうっておっしゃるなら、お止めいたしやせん。ただ、どうかわっしらにできることをお言いつけくだせえやし」と畳に手をつく。

「だれかが攫《さら》われたらならねえと、ご自身のお身体を張って、あちこち出歩いておいでのようだと、佐野源が申しておりやす。いまの雪女探しも、それだったんではございやせんか」

なに、こっちは、例のばあさんが、今朝は吉原で殺しはなかったかと聞いたそうだから、ひょっと雪女の殺しが、ばあさんの言う吉原の殺しのことかと思ったまでだと答える。

「で、これからどうなさるおつもりで」

長兵衛が、押して聞く。

「だれかがおれに、攫った人間の命と引き換えに、なんかの仕事をさせようって魂胆《こんたん》らしいのはたしかだ。おれの出歩きそうなところに、あらかじめ人数を張りつけている」

「いったいなんのために、そんなことを――」

「わからねえな。だがとっかかりはあの左利きだ。あいつは途方もなく腕が立つが、それだけに自分のやることは間違いないとうぬぼれ込んでいる。そこが弱味さ。敵《かたき》を討つめどが立った、妹はけっして死なせないから安心しろと言った上で、午《うま》の刻《こく》が過ぎたらばあさんを放せと佐野源に言え。もし左利きがばあさんをどうかしようとあらわれたらとっ捕まえる。気づかれないよう、人数かけてばあさんの跡をつけろ」

承知いたしやした、と長兵衛が立つ。

それきり眠ってしまい、明け六つの鐘で目が覚めた。長谷川町も時の鐘が近いが、ここは浅草寺の鐘楼が鳴らすから音も大きく、とうてい寝てはいられない。

今日もまた、よく晴れて暖かい。これで空っ風でも吹いたら、土埃でどうにもなるまい。

半六が気をいれて調えたという朝飯が運び込まれる。湯気の立つ椀はありきたりの鮒汁だが、鮒をわかめできっちりと巻き、味噌も濃い目にして、すり鰹を振り込んであるので生臭みがない。吸い口の山椒の粉がたいそう利いていて、つい二杯替える。朝から鴨の煎りつけ、付け合せの根深《ねぶか》がまためっぽううまく、鴨が葱を背負ってきたとは言ったものだとたちまちに皿を空にした。山芋を荒和布《わかめ》で巻いてから蒸したためまきも出て、すっかり腹が重くなった。

佐野源には七つ前に使いを出しましたと、長兵衛が言う。

「向島の牛の御前宮で、雪女以外に変わったことがないか調べておけ」

社人には気づかれるなと念を押し、佐野源からつなぎが来るまですることはないと、またごろりと横になった。

しばらく天井を睨《にら》んでいたが、じき起き上がって紙と筆を持ってこさせ、「この者の口上お聞きくだされたく、三」とだけしたため、ばあさんを動かす前に、兄上にいま少し伺っておきたいことがある、だれかまともな口の利けるやつを原島の屋敷にやれと言いつける。そんなら幸蔵をやりましょうと呼び寄せる。

「昨日の書物につき、急ぎご示教いただきたき儀あり、お手すきなれば使いの男にご同道、湯島天神境内までご足労願えれば幸甚に存じますと言え」

兄上をお連れしたらお前は鳥居前で待てと言い、急ぎだ、舟を出せと長兵衛に命じる。

原島の屋敷は小石川見付だから、湯島天神まではいくら手間どっても半時とはかかるまい。佐野源からつなぎが来たら湯島へ追いかけろと、控えさせていた駕籠に乗り込んだ。

浅草寺前から三十三間堂の脇を通って上野山下の牛天神際を通る。以前、江戸中を火の海にして徳川の天下を覆そうとした狂的な男の一件で、上野一帯に威勢を張っている坊主吉兵衛という親分の助けを借りたことがあった。面構《つらがま》えに似ぬ吉兵衛の甲高い声を思い出して、つい頬が緩む。

湯島坂下は、堅物の兄新二郎なら扇で顔を覆って通りすぎるような茶屋が並んでいるからうかつに立ち話もできない。幸蔵のことだ、相応のところに新二郎を案内しておいてから鳥居前に来るだろうと、ゆっくりと石段を上がる。

秋晴れの空の下、不忍池の彼方に、寛永寺はじめ上野山内諸寺の屋根や東照宮の朱い楼門が、色づきはじめた木々の間に見え隠れする。南にはお城、東は隅田川のゆったりした流れ、西は本郷台から加賀さま水戸さまの広大なお屋敷を越して、尾張さまお山屋敷のあざやかな黄色の銀杏《いちょう》の林までもが見渡せて、昨日からの張り詰めた心持が少しばかり晴れる気がする。

大鳥居の後ろから幸蔵が姿を現した。

「原島さまは、ご参拝なさるとおっしゃって、ご本殿に」

新三郎の胸に、ちらと厭な気が走った。だがまさかにこの人混みの昼日中、大小差した侍をと思ったが、おぬしここで待て、と言い捨てて、梅の木の立ち並ぶ参道の石畳を大股で社殿に向かう。

一町余りも続く参道の社殿近く、新二郎がこちらに向かって歩んで来るのが見えた。ほっとして歩速を緩めたとき、中間ふうの男が新二郎に近寄り、丁重に腰を折ってなにか尋ねかけた。新二郎は、立ち止まってうなずいている。中間は参道の右側を指さして小腰を屈め、先に立って歩んで行く。兄があとに続こうと歩き出した瞬間、新三郎の右手がひらめいた。参道の梅並木のきわを社殿に向かって駆け抜ける。

中間は、びっくりして滑ったか、尻餅をついている。もとより境内を血で汚すつもりはない。兄が気づけばよいと打った筆だから、男に傷はないはずである。

「新三郎か、なにごとだ」

兄はようすが飲み込めないのか、呆然として駆けつけた新三郎を見る。

「どちらへお出でになるところでした」

「おぬしが待っておるというから……」

中間が、猛然と食ってかかり始めた。

「なんでえなんでえ、いくら侍だったたって、無体《むたい》にもほどがあらあ。おれがなにをしたっていうんだ。頼まれたから親切に案内してやろうってのに、人中で恥かかしやがって、どうしてくれる」

尻餅のまま、土の上に大胡座《おおあぐら》をかいてわめき立てる。人立ちがしてきたので、新三郎は懐からなにがしかを出して男の手に握らせ、すまぬ、勘違いだ、勘弁しろと言うと、いっそう居丈高《いたけだか》になった。

「男が地面に尻ついているんだ。侍なら斬るなりなんなりしたらいいだろう。なんだってんだ」

摑ませた銀を叩きつけた。大勢の見ている前といい、ことに神域である。こんなことで刀を抜けば、家断絶になりかねない。男はたかをくくって、金になると踏んだら

しい。一人なら少々強引なことをしても捌《さば》くが、微妙な立場の兄がいる。と、人立ちの中から、

「新三郎さまじゃございやせんか」

妙に甲高い声がして、人垣を分けて坊主頭が前へ出てくる。なんと、さっき広小路を通るとき思い出した吉兵衛である。

正直、新三郎はほっとした。

「兄上、ここはおまかせを。鳥居前に幸蔵がいます。のちほど」と新三郎に言い、いいところで出会った、このわからずやにちょいと尋ねてえことがある、つきあえと吉兵衛に言う。ようございやすよと、後ろに向かってあごをしゃくると、おそろしく図体のでかい男があらわれて、座り込んでいる男の肩を鷲摑みにして人の輪からずるずる引き出す。

「手荒いことの出来ねえ場所柄だ。どういたしやしょうねえ」

「なに、手荒なことをしようってんじゃねえ。まず立たせろ」

大男の吉兵衛の乾分が、中間の肩を摑んだまま持ち上げる。中間は、てってっと眉を顰《ひそ》めて立ち上がった。そのまま歩かせろと乾分に指図して、

「暇そうにみえるか知れねえが、おれだって時刻にはせっつかれているんだ。歩きながら聞かせてもらおうぜ」と中間に言う。

「なにを言やいいんだ」

観念したか、案外素直である。

「だれに頼まれて、どこへ行くところだった」

「知らねえ侍よ。さっきのお侍の人相風体を言って、弟だが、坂下の花屋で待っているといって案内しろと、それだけだ」

「よし、お前はすぐにその花屋とやらへ行って、正直にしくじったと言え。その上で、逃げも隠れもしねえ、出会いたければ人に迷惑かけず、まっすぐにつなぎをつけろと言付かったと言え」と言うと、男は、乾分の手を振り切って、参道脇の急な段々を駆け下りていった。

「ついでだ、いま一つ頼みがある」

「身に合うことがあるなら、お役に立ちましょうが」

もってまわった言い方だが、この男の癖とわかっているから、

「お前さんの顔の利く茶店を借せ。それから六間町の佐野源へ使いを出して、おれがその茶店にいると言《い》え」

ここはわしのしまじゃねえが、ま、一軒二軒ならありやしょうよ、と前を向いたまま、やい、と言うと、小柄な男がひょくりと現れた。吉兵衛は男に、一の家を借り切れ、と命じる。

鳥居前で、待っていた新二郎と幸蔵を伴って石段を下りる。すぐ右手の一町ほどの道に、ずらりと茶屋が並んでいる。吉兵衛はそのとっつきの店に、大事のお方だ、外の客は入れるなと甲高い声で言って、大小の乾分を従えて消えた。

十

狭いが前には植え込みもある奥の座敷に通される。

新三郎は、座が決まるとすぐ、先夜の客人の声なり背格好なりに、なにかお気づきのことはありませぬかと兄に尋ねた。

「ううむ」

新三郎の問いに、新二郎は口惜しそうに唸り、「初めての客といい、後ろ姿も見てはおらぬゆえ、背格好もわからぬのだ」

「義父《ちち》上とのお話のようすで、お二人の間柄を察せられるようなことは。どちらのご身分が上であるなど」

新二郎はしばらく考えていたが、

「もしかすると客は、安芸守さまご家臣かもしれぬ」と答えた。

予測しなかった答えに、新三郎は驚いた。

「それはまた、どういうわけで……」

「ほんの少時しか洩れ聞かなかったゆえ定かではないのだが、義父上は、たしかに安芸守さまと言われていた。しかし客人は、安芸守と言っていたのではなかったかという気がする」

なるほど他人に自らのあるじを指すとき、尊称はつけぬことが多かろう。

新三郎は、「若年寄を願い出ている大名の中で、三浦壱岐守、山内大膳亮の二家がことに執心強く、さまざまに動いているということでした、不穏なたくらみがあるとしたら、この二家の間と思われますが……」と言葉を切って、

「そのような大事がいったいどこから安芸守家臣の耳に入り、その上に、いかに安芸守さまご信頼厚いとはいえ、申してはなんですが、ただの新御番頭《ごばんがしら》にすぎぬ原島のお義父上のお耳に入れなければならなかったのかが、解せませぬ」

「おぬしの言う通りだ」と新二郎も言う。

「いま一つ、わからぬのは、兄上が長谷川町にお見えになる前から、私の身辺が何者かに見張られていたらしいことです」

「なんだと」

新二郎は、目を剝《む》いた。

「いえ、これは、わたくしが要らぬことに首を突っ込んでばかりいますゆえ、この度

の一件と関わりないかとは思いますが、いずれにしても、今日中にもこの二つを解か
ねばなりませぬ。それについて、兄上にお願いがございます」
新三郎は、改めて兄を見上げた。
「これからのち、わたくしの身にどのようなことが起こりましょうとも、兄上は、い
っさいご存じなきこととなさっていただきたい」
「それはまた、どういうことだ――」
「聞かずにおいていただきたいのです。兄上には、原島の家を守らねばならぬ責がお
ありです。それは直ちに藤村の家を守ることに連なりましょう。口幅ったいことを申
すようではありますが、旗本が家を守るは、ただにおのれの家の安泰を希《ねが》う狭き心か
らのみとは思いたくありませぬ。将軍麾下《きか》の一家々々の安泰が、天下の安寧に連なる
との信念がなければ、あまりに情けないと思われます」
新二郎は膝を打った。
「相わかった。なにも聞かぬ。が、おれにもここへくるまで考えてきたこともある。
いかに養子の身とはいえ、おぬしにのみ負わせて、安閑としているつもりはない。な
すべきことはある。まかせてほしい」と言ってから、ふと気遣わしげに新三郎の顔を
見守った。
「おぬし、まさか命を賭けるとまでいうのではあるまいな……」

新三郎は笑って、

「命は一つしかありませぬ。犬死にしては、父上に申しわけないではありませんか」

「おぬしの言う通りだ」

新二郎は、熱っぽく言葉を継いだ。

「武士は大義のためにこそ、死すべきであるに、昨今われ人ともに、武士とはなにをなすべきかがわからなくなってきている。お役を得るにのみ汲々とし、大義を考えるものがまことに少ない。いや、大義などと言い出せば、愚か者という目で見られかねない時勢になってしまった」

「まことに……」

お家大事に凝り固まっている兄が、このように率直に心情を吐露するとは、思ってもいなかった。

源平以来、万民平安の世を築くため武士が命を賭して五百年、その願いが叶ったいま、侍は要らぬ者に成り果てようとしている。泰平の世とは、戦いを業としてきた武士が生き甲斐を見失う世のことだったのか。

かならず身をいとえと何度もくり返して、新二郎は幸蔵を供に帰っていった。

一呼吸おいて新三郎が外に出ると、石段下にさっきの小男が立っていた。小腰を屈めて新三郎に近寄り、早つなぎがあって行き違うとならねえので、念のためお駕籠の道順を佐野源さんに伝え、道端に野郎どもを並べてありやすと言う。

助かるぜと乗り込んだ駕籠の中で、新三郎は今度の件を改めて一から思い返した。

大名当主をひそかに亡きものとせんとするごとき大事がもしも洩れ、しかるべき筋の耳に入ればただはすまない。若年寄職を得るなどおろか、弁じようがまずければ家断絶にもなるだろう。その流言だけで、相手方は間違いなく壊滅する。だが、先夜の客人が兄新二郎の推測のように安芸守家臣なら、考えを変えなければならない。

——急に詰んできやがったぞ。

新三郎は、目を閉じた。

——なんにしても、あの男からの呼び出しが来れば、それで終わる。

駕籠は、神田明神下から筋違橋を渡る。柳原土手に上がったところで、吉兵衛の乾分がいたのだろう、ひょいと先棒が足を止めた。乗りつけていない人間だと、こんなとき駕籠から放り出される。

「旦那、舟だそうで」

「よし」

駕籠は柳原土手を駆け抜け、和泉橋の際でまたとんと止まり、すぐ走り出した。新たなつなぎは来ていないようである。

浅草橋御門の前から矢のお倉を左に見て千鳥橋を渡り、長谷川町の家は横目に、芝居町の木戸前を通って佐野源に着く。

迎え出た兵助が、ばあさんは浅草橋から舟に乗りやした、と言う。豪勢なこった、よく銭があったなと新三郎が言うと、兵助が、おときさんが別れ際に、持ってて邪魔になるもんじゃないからと渡したそうで、と笑う。むろん舟でもつけているが、駕籠で先回りして、駒形と今戸の船着き場に張りつけと長兵衛につないだそうだ。

「今戸に頼んだことの返事はきてねえか」

「まだでやすが、お急ぎで」

「今日中に片をつけたい。人はいらねえ、駕籠だけ飛ばせろ」

小昼をと、兵助が蕎麦がきの盆を持って入ってきた。四郎吉は、神妙に台所で片付けものを手伝っているのだという。

黙々と蕎麦がきを口に運んでいる新三郎の背中をじっと見つめていた兵助が、たまりかねたように言い出した。

「その、今日中に片をつけるとおっしゃいますのは、ばあさんの敵討《かたきう》ちの件で……」

「うむ」

「ってことは、あの左利きの方も――」

新三郎は、渋茶を飲み、蕎麦がきの盆を押し下げると、

「あと一ッ時か二た時のうちに、おれに呼び出しが来る。そいつが片付けば、一切が終わるさ」

「呼び出しっておっしゃると、左利きからでやしょうか」

「行ってみなければわからぬ」

「お一人で、お出ましのおつもりで」

新三郎は、兵助を振り返った。

「行くか、おぬし」

「お供をさせていただけるんで」

「致し方あるまいさ。見届けるものがいなくてもならねえだろうからな」

兵助が、黙って頭を下げた。

「長谷川町に戻る。もしも呼び出しが来たら、すぐ知らせろ」

言い捨てにして立ち上がった。

十一

長谷川町の家は、相変わらず散らかったままである。

——困ったことになったぞ。

新三郎は、縁に座り込んで、ため息をついた。生まれてこの方、あまり困った覚えがない。が、自分で家の片付けをするなど、考えたことがないのだ。画室ならまだしも、台所に散乱している皿小鉢など、どう手をつけたらいいかわからない。

——だが、今日ばかりは、このままでは出られない。

と、塀の外で、旦那、お戻りですか、と聞き慣れたしわがれ声がした。助かったと、

「押せば開くぞ」と怒鳴る。

台所に入ってきたおしまばあさんが、あれま、ひどい散らかしようだねえ、と呆れ返っている。

「ちっと取り込みがあった。飯は要らぬが取り片付けてくれ」と声をかけて画室に入る。

画紙が繰り延べられたままになっていた。軸物の下絵を描こうとしていたのだと思い出した。

筆洗を取り上げて台所に入り、水を汲み入れて画室に戻ると、繰り延べてあった紙に一気に筆を下ろす。

半時も経ったろうか。おしまばあさんは大分前に、片付きましたよと帰っていったようだ。新三郎は筆を措《お》いて、ふっと息をついた。立ち上がって、上から画紙を見下ろす。ひとりうなずいて筆を洗い、筆立てに収める。

奥の間に入り、着替えようとしてめずらしく新三郎の手が止まった。着類《きるい》を選ぶときにかぎらず、なにごとにも迷うということをしない男である。心にひらめくままに動いて、大きな失策もなく今日まで来たのだ。

——もて余しものに生まれたにしては、運がよかったんだろうさ。

胸のうちにつぶやいて袴を脱ぎ、台所に入る。おしまばあさんが一杯に汲み入れて帰った水桶から盥《たらい》に柄杓《ひしやく》で移し、山鳩色の袷を脱ぎ捨て、身体を拭き清めた。さすがに冷やりと感じるのが快い。脱いだ袷を抱えて奥に戻り、これだけは常に用意してある切り立ての晒《さらし》に締め替える。

こんどは迷うことなく、薄香色《うすこういろ》の地に大き目の藍鼠《あいねず》の雲形を置き、桑染めの薄を描いて、薄色と香色の秋蝶を飛ばした袷に、濃鼠《こいねず》の襦袢をきっちりと着けた。

座敷に入って刀掛けから大刀を取り下ろし、鞘をはらう。無銘ながら、曾祖父が大坂の陣に帯して出陣したという一刀である。明るい秋の陽にかざす。藤村出入りの刀鍛冶下坂市之丞に入念に手入れさせているから、なんの曇りもない。目釘《めくぎ》を確かめ、静かに鞘に納めて刀掛けに戻し、小刀を引き抜く。この方は新物だが、名工と言われる京橋弓町の藤原助房の逸物である。屋敷を出るとき、おやじ殿新左衛門が、部屋に入ってきて黙って置いていった。

柄を握った右手の拳を膝に置き、じっと刀身に見入る。

「新三郎さま」

兵助が庭に膝をついていた。

「来たか」

新三郎は、小刀を納め、兵助をかえりみた。

「口上でございました」

「ふむ、書状では後に残るとみたな」

「藤村新三郎さまには、今宵五つ、両国八幡御旅所《おたびしょ》までお越しいただきたいと言付かったという中間風の男が参りました」

「うむ」

兵助は新三郎を見上げた。

「お刀をご覧でいらっしゃいましたが」

「今度ばかりは、致し方あるまい」

「どうでも、お出かけになられますか」

「武士に生まれた因果だ」

「先刻、見届けるものがなくてはなるまいと仰せになりましたが」

武家の奉公人の言葉つきに戻って言う。

「うむ」

「御供お許しいただき、これにまさる幸せはございません」

「そう鯱張《しやちほこば》るな。どう出るか、行ってみなければわからない」と言ってから、「そうだ、お前、ちょいと髪を撫でつけてくれ。一昨日《おとつい》五郎三《ごろうざ》を呼んだばっかりだが、昨日から夜昼なしに歩きまわったから、大分乱れた」

五郎三というのは、出入りの髪結いである。

兵助は、奥の間から鬢つけや櫛を取ってきて新三郎の後ろにまわり、丁寧に撫でつけ始めた。

「屋敷にいるころ、稽古上がりによくお前に撫でつけてもらった。おたがい、屋敷をおん出て五年六年、よくも好き勝手をしたものさ」

兵助は答えず、左手で鼻をこすり上げた。

「五つといや、ひどく間がある。ゆっくりとうまいものを食わせてもらってから出るとするか」

その時、庭木戸の向うで、佐野源でやすが、今戸の親分がお見えになりやして、新三郎さまにお話申したいことがあるってんで、と言う乾分の声がした。

よし、わかった、と新三郎は立ち上がって、大小を手に、例の筆の入った矢立てを懐にほうり込み、

「いいところへきた。小僧ともども、三日も留守したから、この日和に埃だらけでか

なわない。台所はさっきばあさんが来たからなんとかなったが、お前、ちょいと掃除しておけ」

木戸に向かって大声で言うと、履き捨ての草履を取り上げる。兵助がさっと手を出して、懐に入れた。

新三郎は見返ってにっこり笑い、表口に立った。


佐野源では、今戸の長兵衛が、口をへの字に引き結んで正座している。

「牛の御前宮に変わったことはなかったか」

「雪女が出るってこと以外、特にございやせん」

「ばあさんはどうした」

「今戸で上がって、渡しに乗り代えて向うに渡りやした」

「つけているんだろうな」

「へい」

「どうした、やたら仏頂面《ぶつちょうづら》しているな」

「さいでやすか。生まれつきの面構えで」

ついに新三郎は笑い出した。

「おおかたおれが、なにかひとりで企んでいるってんで、水臭いと思っているんだろう。だが、武士には武士の仕事があるのさ。お前さんたちの稼業同様にな」

あとから入ってきた源助が、気遣わしげに二人の顔を交互に見る。

長兵衛は、膝を折ったまま窮屈そうに頭を下げた。

「重々、わかっておりやす。ですから、なんにも申しやせん。おっしゃる通り、わっしらは稼業に励みやす」

「それでいいのさ」

新三郎は、源助を振り返り、

「いい日和続きだ。美味《うま》いものを奮発しろ」

源助は、黙って頭を下げて出ていった。

それまで一休みだという新三郎を残して、長兵衛も出て行く。

新三郎は、兵助に紙を持って来させると、三通の文をしたため、兵助に手渡した。

兵助は、なにも聞かず押し頂いて懐に入れ、下がっていった。

新三郎は、ひとりになると例の通りころりとひっくり返って天井を睨《にら》む。日暮れは近いがなにしろこのぽかぽか陽気、どうにも眠気がさしてくる。

とろりとしたばかりのところで、兵助が遠慮がちに起こしにきた。

「今戸からつなぎがきまして、ばあさんは、長命寺に入ったってんで」

長命寺は、牛の御前宮と隣り合わせの名刹《めいさつ》である。

「長兵衛はどうした」

いまさっき戻りましたと兵助が答える。

「すぐに追っかけて、自身で長命寺に出向き、二人を、いや男が一人いるから三人だ、渡せと掛け合え。今戸の長兵衛の名にかけて、しくじるなと言え」

わかりやしたと兵助が出ていく背中に、

「三人を引き取ったら、しっかりと見張るんだ。間違っても一人も死なせるな。大急ぎだ」

どたばたと男どもが動きまわる気配がして、二、三人が表に走り出ていった。


暮れ六つ前から、夜食の膳が調えられている。まず、一匹ごとの鯛の大鍋が運び込まれた。塩を焼きつけた鍋に鯛を入れて、古酒に米の研ぎ汁をひたひたに加え、酒気のなくなるまで煮て鰹出汁を注いだ高麗煮《こうらいに》である。鯛の旨味がじっくりしみ出て、酒の香がほんのり漂う汁の旨さ、身をせせるとこれがまた生臭みがすっかりと抜けて代わりに出汁がほどよく利き、たまらぬほどに美味である。とれとれの烏賊《いか》の水あえ、新三郎好物の子芋のころばかし、黄菊の甘酢、相伴の四郎吉は、すった豆腐に葛粉を加え梔《くちなし》で薄く色をつけ、だしたまりでさっと煮た熱々の豆腐玉子の椀を、鼻がかぶるほど傾けて汁一滴も残さない。毎朝おしまばあさんの豆腐汁で往生しているだろうがと、新三郎が笑う。

剣菱のぬる燗は控え目に、新三郎も飯にかかる。昆布やほんだわらなどの海藻に、細く切った木くらげや牛蒡《ごぼう》人参蓮根生姜、楊梅《やまもも》梅干で酸味を出し、杏仁桃仁陳皮《きょうにんとうにんちんぴ》などで香り付けして漬け込んだ無尽漬が、贅沢な料理のあとにまた滅法うまくて、つい飯がすすむ。

四谷の屋敷だったら、口の奢《おご》った隠居の祖父は別として、朝は一汁一菜、武家だから昼もしっかりと食べはするが、朝と同じ一汁一菜に小付けがついた程度、夜がやっと二汁三菜という毎日である。お大名もおおかたはそんなものとか、新三郎も、町方へ出てから奢りのくせがついたのだ。

腹が減ってはというが、ふくれ過ぎてもどうもならないと、新三郎は、飯は一杯にすませ、立ち上がった。

六つ半をまわっている。お駕籠《とも》をという源助に、腹ごなしをしないとならねえと笑って、表口に立った。兵助がすかさず草鞋を足もとに揃えて手を添える。佐野源の乾分どもが全員、店先に顔を並べる中を、新三郎は兵助を従えて表に出た。

店の前に立って、中天にかかる月を仰ぐ。さすが神無月、月影は鋭い。昼間とはうってかわって、あたりには冷気が満ちている。矢のお蔵を左に見て、ゆっくり両国橋に向かう。五つに近いというのに、橋を行き交う人は絶えない。

新三郎は、橋のちょうど真ん中あたりで足を止めた。振り返ると、橋のたもとに稲垣安芸守のお蔵屋敷が見える。禄高わずか一万三千石、若年寄職についてのち五千石のご加増になったとはいえ、二万石にも満たぬ小大名が、両国橋際という一等地に水戸さまに隣り合わせて蔵屋敷を持つなど、安芸守はいたって温厚な人柄という噂ながら、やはり若年寄というのはよほどにうまいお役なのだろう。

水戸さまお蔵の屋根を越して、三つ叉に何艘もの西国船が、文字通りの金波銀波にゆったりと揺らいでいるのが見える。百二十間の両国橋から見渡す大江戸の夜景、この豊かな眺めは、徳川譜代の家臣幾万が流した血で贖《あがな》ったのではなかったか。

佇んだまま、新三郎が思いにとらわれていると、兵助が心配そうに、時刻が……と声を掛けた。

「なに、呼び出したのは向うだ、待たせておいて行くのが礼儀さ」

新三郎は、そのままややしばし四方を眺め、またゆっくりした足取りで両国橋を越した。

十二

御旅所は、本庄一つ目の橋を渡ったすぐ、御船蔵の向かいである。八幡の祭礼に御輿を安置する所だから、敷地は広いが高い杉の木立ちに囲まれた形ばかりの社殿があるだけで、普段は社人もおらず、がらんとして人気がない。

新三郎は、一つ目の橋を渡ると御船蔵の方には行かず、堀に沿って町屋の軒下を歩き、御旅所の後ろ側に出た。

社殿の陰で足を止め、杉木立の向うを窺う。十日の月が、社殿の前に屯《たむろ》している数人の人影を浮き上がらせている。頭巾を被った侍を囲んで、二人が前に膝をつき、三人が後方に立って、それとなくあたりを見まわしていた。

新三郎は、ここで待てと兵助に命じた。兵助は、しっかりうなずいてその場にかがんだ。

新三郎は社殿の陰から出て片懐手になり、男どもに歩み寄った。

「なんの要あって、かかわりない者を脅《おど》そうとする」

月影を背に負って立ち、声をかける。

男どもが振り返った。

真ん中の侍が、頭巾の下からくぐもった声で、

「御使番藤村新左衛門どの子息、新三郎どのだな」

「名はたしかに新三郎だが、ただの町絵師だ。だが、人の名を問うなら、まず被り物を脱いで自ら先に名乗るが礼儀であろう」

「存じてはおるが、故あってただ今は名乗れぬ。被り物も差し許されたい」

「よかろうよ、どうせ理に合わぬことをやらかしているんだ、武士の作法を云々するだけ無駄だろうさ」

侍は黙ってわずかに頭を下げた。

「天下のため、まげてお願いいたしたき儀あって、非常の手段を取り申した。お許しくだされい」

「天下とはまた、大きく出たな。せいぜい家のためくらいにしてもらいたいもんだ。あまりに大言を吐くと、かえって主《あるじ》の不為になるぞ」

「主のために働くは、これ天下の為にござる」

「結構な話だ。その主とは、山内大膳か、それとも三浦壱岐か」

山内という名が出ただけで、男たちの身体がさっとこわ張る。

「なるほど山内の家臣か。主の意向を受けてのことか」

「主は預かり知らぬことでござる」

「こんな先っ走りは主の迷惑だろうさ。だが、役を得るため大金をばらまき、領民を窮乏に追い込んで国許を困らせるお役亡者《もうじゃ》のご主君は多いと聞くからな。それにしても、どうしてこんな大それた企みに乗っちまったんだ。若年寄職はおろか、お家断絶になるだろうが」

頭巾の頭が、ふとかしいだ。

「大それた企みと言われたが、新三郎どのには、どのようなことを存じておられる」

「まさかそんなことが、とおれも思ったさ。できるはずのない馬鹿げた企みを吹き込んだやつがいるんだろう。相手方を消してしまえば、こっちのものだ、その技ができる男が一人いる、とな」

「そのようなこと……」

「だが壱岐守が頓死してみろ、真っ先に疑われるのは誰だっていうんだ」

「そ、それは……」

頭巾がたじろいだ。

「そういう話が洩れただけで、山内家は無事ではすまぬだろうが」

頭巾は、言葉も返さず、茫然と立っている。

「どっちが仕掛けたかがわからなかったんだが、そんな企みに簡単に乗せられる家臣を持っていては、若年寄職を勤めおおせることはできないぞ。巻き込まれたこっちにしたって、そう簡単に因果と諦めるわけにもいかねえ」

言うと同時に、懐に入っていた新三郎の右手がひらめいた。

参道脇の杉の陰で、あっという声がした。

山内家の侍が一斉に抜刀して、頭巾のまわりを囲む。

「お前さん方の本当の敵は、そこに隠れている連中さ。だが、大事の仲間と思っていたのが、お家を滅ぼす根源だなど、なまなかなことじゃあうなずけなかろうよ。どっちにしても、おれを生かして帰すつもりはなかろう。致し方ない仕儀だ」

新三郎は、大刀を抜き放った。

杉木立ちの陰に、五人はいる。そのうちの一人は、あの左利きだろう。

抜刀した山内家の侍のうち二人は、ほとんど腕は立たない。だが合わせて十人、いかに新三郎といえども、無事に切り抜けるのは至難のわざである。

「お前さん方に目を付けられたことがわかってから、ただではすまないと覚悟はしている。身分はしがねえ町絵師だが、根性汚ねえ陪臣《またもの》に直参の血を流させるなんざ、あんまりご先祖に申しわけねえ。お前さん方の刃が身体に触れる前に、自分で決着をつけようから、要らぬ心配はしねえでくれ」

男どもが、新三郎のその言葉にはっとひるんだ。

その一瞬の隙に、新三郎の左手が、二度、三度、たて続けにひらめく。

ぎゃっともわっともつかぬ声が上がった。頭巾を囲んでいる男どもの一人が右目に、いま一人は頬げた、残る一人は喉頸に仕込み筆が突き刺さっていた。

右手に刀を持ったまま左手で続けて打つ、知新流奥義鶺鴒飛翻《せきれいひほん》、喉頸は急所に立ったとみえてその場にうち倒れ、目に刺さった男は、抜こうとしてのた打ちまわっている。血が月光の下でどす黒く流れ落ちる。

杉木立から、抜刀した男が三人、飛び出してきた。その後ろに、左手に刀を提げた男を従え、やはり頭巾を着た小柄な侍が姿を現した。

「来たか」

新三郎は、刀を片手正眼《せいがん》に構えた。

三人の力を削《そ》いだとはいえ、新手を含めて五人、中でも左利きは、並ならぬ技を持っている。その上この男、人を斬るに快感を覚える性《さが》に違いない。

新三郎は、じりっと刀を下段に下ろして、残る山内の侍二人に刃先を向けたまま、新手《あらて》に向かい、

「小大名の下司根性につけ込んで細工を弄し、双方から賂《まいない》取ろうたあ、我慢ならねえ。こっちから呼び出してでもたたっ斬る。刺し違えるにはあんまり人間の品《しな》が違うからおれが可哀相だが、ご先祖さまも大目に見てくれるだろうさ」

「な、なんだと」

山内の頭巾が二、三歩前に出た。

「双方からと言われたな」

その時、左利きが地を蹴った。

「愚か者めがっ」

すり抜けようとする左利きの身体を、激しい叱咤の声とともに新三郎の大刀が横に薙《な》いだ。が、下段の刃を振り上げるわずかの間隙に、左利きの刃が無防備な頭巾の横腹に突き立っていた。

頭巾はどっと膝をつく。容赦なく二の太刀を振おうとする左利きの背後から、新三郎が声もなく刀を振り下ろした。即座に振り返って新三郎の太刀を跳ね上げる。左手で握られた大刀の流線には、通常の感覚とずれがある。凄まじい衝撃を刀身に受け、新三郎は不覚にもよろめいた。

左利きは、真っ向から新三郎に向かってきた。危うく立ち直ったが、こうなると新三郎の太刀筋の正しさが弱点となる。なにがなんでも斬り殺そうという邪悪な刃は、技量を超えるのだ。

左手を上に握られている太刀は、どのような動きをするのか測りがたい。新三郎は、じりじりと杉木立に押された。あと少しで、杉の大木に背が当たる。

と、どこかで、火事だっという大声がした。社殿の後ろで、ぼっと炎が上がる。大勢がどっと駈け込む気配がした。

左利きの気迫に、ほんの一瞬、緩みが生じた。

新三郎は、その気配をのがさなかった。とっさに二間あまりを斜めに飛びすさり、同時に左手で仕込み筆を飛ばした。強いて当てようというのではない。わずかの時を稼ごうとしただけである。ところがその筆が、利き腕の左手首に突き刺さった。

男は、うむと小さく唸っただけで、即座に筆を引き抜いた。だがその間に、新三郎は仕込み筆を投げるに十分な間合まで下がっていた。

ようやくあたりの気配を感じ取る余裕が生じた。社殿の裏の火事騒ぎは、一向に鎮まらず、男どもの怒声が聞こえる。山内家の無創《むきず》の侍二人は、手負いの介抱に追われて、こちらを見返りもしない。妙なことに、左利きと一緒にいた小柄な頭巾の男は、斬り合いに加わるようすがない。

新三郎と左利きの間隔は四間余、必殺の筆を打つに十分の間合である。だが、常よりも一本多く、六本の筆を持って出たが、すでに五本を打っている。懐には一本が残るだけである。打ち損じるとは思わぬが、その後どのような展開になるか、測り知れない。

新三郎は、右手の大刀を、静かに左手に移した。両刀を扱う技は十分に稽古を積んでいる。左手で手裏剣を打つのは知新流の極意であるから、新三郎は余人よりも左手が利く。だが剣の場合、左は小刀である。握りの太さも重量も異なる大刀を、左で扱ったことはない。

左利きは、仕込み筆を用心してか動こうとしない。新三郎が右手を空けたため、いっそう構えが固くなった。おそらく新三郎の右手が懐に入った瞬間に、左手の刀を盾《たて》にして右に飛び、そのまま走り寄って斬り掛るに違いない。

月はやや西に傾きながら、二人の姿を平等に照らし出している。だが、火は新三郎の背後に上がっているから、全身の姿は浮き上がって見えても、細かな動きはとらえられないだろう。

小柄な頭巾は、この間合のある対峙《たいじ》を興味あり気に眺めている。自身できるとは思えないが、武芸には関心があるようだ。

新三郎は、左手で大刀を提げたまま力を抜き、心の中で正眼に構え直した。ついで上段に振りかぶる。刃先がやや左に傾く。一気に振り下ろして左利きの右首筋から袈《け》裟《さ》掛《が》けに深く斬り下げた。

背後でまた炎がぼうっと大きく燃えさかった。その一瞬、新三郎の右手が自らの襟元に触れた。

背後の炎の紅い光を切って、筆が飛ぶ。

あっという声がした。左利きが右手で左目を押さえている。次の瞬間新三郎の体が飛んだ。相手に体を立て直す暇を与えず、左手の大刀を振り下ろす。わっという叫びとともに、左利きの右肩から血しぶきが吹き上がった。

その時、海に面した参道前に、乗物をはさんだ十人ほどの行列が止まった。わらわらと侍が駆け込んでくる。

乗物の戸が明いて、年配の侍が下り立った。その姿を一目見て、小柄な頭巾が愕然としてひざまずいた。

年配の侍は、つかつかと歩み寄り、

「若年寄稲垣安芸守である。私闘は法度《はっと》ぞ。鎮まれい」

威ある声で制す。

思いもかけぬ人物の出現に、新三郎も茫然となり、血刀を拭うことも忘れてその場に膝をついた。

「見れば手負いも出ておる様子、わしが通りかかったはたまたまのこと、見なかったことにしてつかわす。市中見回りの大目付に出くわさぬうち、手負いを引き取って早々に立ち去れい」

小柄な頭巾が、驚いたように頭を上げ、

「殿、それは……」と口を開いた。

安芸守は、不審気に頭巾を振り返り、

「その方、何者じゃ。殿と呼ばれる覚えはないぞ」

「と、殿……。留守居役長野甚右衛門にござる。お見忘れとは――」

「乱心しておるようじゃな。稲垣家にそのような留守居役などおらぬ」

言い捨てて、乗物に身体を入れた。

頭巾は、這いずるようにして安芸守のあとを追ったが、警固の侍に棒で追い払われ、地に打ち倒れた。

新三郎は、立ち上がって左利きに向かい、

「たがいになんの遺恨もねえに、とんでもないことになっちまったな。これも武士の因果かね」

血刀を拭って鞘に納め、

「まっとうな生き方をしろ」

言い捨てにして、炎の上がっている社殿の裏へ向かい、淡々とした足取りで歩み去った。

十三

八幡御旅所裏の稲荷《いなり》の境内では、積み上げられた藁束が、盛大に燃え上がっていた。周囲に水を張った手桶を並べ、佐野源の乾分どもがかがんでいる。

新三郎が近寄ると、うおっという声が上がった。兵助が、転ぶように駆け寄って、新三郎の膝にすがりつく。

「新三郎さまっ」

あとはしゃくり上げて言葉にならない。新三郎は、その背をたたいて、火を消せと声をかけた。
二、三人があわてて手近かな桶の水を掛ける。火はあっけなく消えた。
「よくやってくれた、助かったぜ」

新三郎は乾分どもの顔を見渡し、言葉少なに言って歩き出した。だれかが、先に駆け抜ける。佐野源に残っている連中に注進するのだろう。留吉が、後始末に気をつけろ、と言っている。

兵助が後に従い、たがいに言葉もなく、両国橋にかかる。

月はすでに、お城の大屋根の後ろに入っていた。

新三郎は橋の真ん中で足を止めた。

「大川の眺めが、また見られたな」

とたんに兵助が号泣した。

「よせ、まだ人脚《ひとあし》がある」

すれ違った渡り中間風の男が、じろりと二人を見て過ぎる。

佐野源では、あかあかと灯をともし、源助が店先の土間に手をついて出迎えた。

「よくこそ――ご無事で……」

みると、髻《もとどり》を切り放している。

「思い切ったことをしたな」

火を使いましたので、万一間違いがあったときのためにと思いまして、というが、新三郎の無事を祈念してのことだったのだろう。

座敷に上がると、兵助が大声を上げた。

「新三郎さまっ、肩先が」

言われて左右の肩を見る。なるほど右肩が二寸ほど切れて、うっすらと血が滲んでいた。刀をはね上げられたとき、切っ先があたったのだろう。なにほどのこともないと言ったが、怪我には慣れている稼業だから手際よく手当して、清めの酒になる。

みな昂《たか》ぶった面持で、あまり言葉が出ない。

「――終わったな」

新三郎が、盃を含んで、ぽつりと言った。

兵助の、膝においた拳が震えている。

「今戸はどうした、うまくやったか」

まだつなぎは参りませんが、走らせてありますから、追付け長兵衛が自身やってきましょう、と源助が言う。

「ばあさんと菊乃の妹、それに菊乃の馴染《なじ》みの、葛飾の百姓が長命寺に隠れているはずだ。たぶん、その百姓と長命寺のだれかが、引っかかりがあるんだろうさ」

「もしかしてその妹ってのが……」

うなずいて、

「おおかた時節はずれの雪女だろうよ」

またどうしてそんなことを、と源助が首をひねった。

「本人に聞いてみりゃわかることだ、まさかに長兵衛がしくじりはすまいからな」

それでは長兵衛が参りますまで、一休みなさいましと源助は下がっていった。

兵助に、明日一番で原島の屋敷に行き、兄上に、一切が片付きましたのでご安心を、いずれお目にかかって万々《ばんばん》、と口上を述べろと命じ、寝ころんだ。

足もとに控えた兵助に、四郎吉はどうしている、と聞く。夜中にどたばたするのに馴れちまったようで、野郎どもの真ん中で寝かせてますが、まるで目も覚まさねえで、と言う。新三郎は笑って、明日は連れて帰るさ、と布団の上で伸びをした。

「生きているってのは、悪くもねえな」

「は、はい」

答えた兵助の声が、震えている。

長谷川町の家を出るとき、新三郎は袷の襟元に筆を一本だけ差し込んでおいたのだ。左利きは、新三郎の右手が懐へ入るとばかり思い込んでいたから、襟元に掛けた手を見落とした。あの男、長野という留守居役の手先だったのだろうが、おそらく今夜のうちにも始末されているに違いない。安芸守は、遠からず留守居役を更迭し、長野を追い詰めるだろう。

「沢庵《たくわん》の尻尾か……」

つぶやくと、兵助が怪訝な顔になる。

「なに、せっかくおしまばあさんが漬け込んだ自慢の沢庵を、食い損ねていたのを思い出したのさ」


いつの間にか眠ったらしい。

新三郎さまっという大声で目が覚めた。ざっとふすまの明く音がして、長兵衛が座敷に駆け込んできた。後からついてきた源助が、お疲れのところをとやきもきしている。

長兵衛は、どっと手をつき、涙をこぼす。

「いい加減にしろ、今戸の長兵衛と言われる男が、みっともない」

しぶしぶ起き上がって、たしなめる。

「それより、ばあさんは無事引き取ったか。娘に万一のことがあったらならねえぞ」

長兵衛は、鼻をこすり上げ、

「忠助って百姓ともども、引き取りやした。長命寺の寺男ってのが、忠助の叔父にあたるそうで、心中騒ぎのあと始末があるからって言われて、おいてやってたそうで」と答える。

「娘はどうしている」

「なにを聞いても泣くばっかりなんで、野郎ども張りつけて見張らせてやすが、あれが雪女だったんでしょうか」

「そうさな。姉は殺されたにちがいないと思っても、だれも取り合わねえから、騒動起こしてなんとかしようと思ったんだろう。ばあさんが吉原《なか》でおれの物好きを小耳にはさんで、乗り出させようと思いついたんだろうよ」

長兵衛が、だがあのばあさん、あっしのことを知ってたわけではねえようで、と首をひねる。今戸から来たって言ったんで、小僧が勝手にお前の知り合いだと思ったのさと新三郎が笑い、雪女のことは、役人には知らせるなと念を押す。

尾花屋の朋輩の綾乃が、菊乃の妹が八朔《はっさく》の着付けを持っていったと言ったのを聞いて、十中八九、間違いないと思ったのだ。武家では、八月朔日は白帷子《しろかたびら》で登城し、八朔の祝儀を述べるのだが、吉原でも、白無垢《しろむく》を着て客を迎える習わしがある。菊乃の妹がそんなしきたりを知っていたかどうか、姉の形見の白い着物をきて幽霊に見せかけ、噂を立てようと思っただけかもしれないが、そのうちにどうかしたことで、男を殺す羽目になったのだろうと新三郎は思っていた。

心中に見せかけた菊乃殺しが、若年寄職をめぐる大名間の争いのとばっちりだったろうことは推測がついている。殺《や》ったのは、あの左利きだろう。たまたま菊乃の客になって、たくらみを知られたか、あるいはそう思い込んだかして、心中に見せかけて殺したが、身請けの話が出ていたことを知らなかったのが、躓《つまず》きの元となったのだ。

なにかのことは明けてからと、源助が長兵衛をなだめ、兵助も下がってひとりになった新三郎は、真正面から死を考えたこの三日あまりを改めて振り返った。

妙に人の目に追われているようだとは気づいていたが、兄が長谷川町に現れてから、大名暗殺という現実離れしたことが、手裏剣の名手なら可能だと思った連中がいるとわかった。新三郎にその仕事をさせるため、人質に四郎吉を攫《さら》おうとしたのだろう。だが、たとえ質に取られたのが見ず知らずの人間でも、新三郎は行かずにはいない。しかし、仮に新三郎がことを成就させたしても、生かして帰すわけはない。

――どう足掻《あが》いてものがれられねえ罠《わな》ってのも、世の中にはあるもんだ。どうで持て余し者の三男だ、だれかの役に立つってなら死ぬのも悪くもないが、お役亡者《もうじゃ》の手先になって死ぬなど真《ま》っ平《ぴら》だ。

万一の時は自刃の覚悟をきわめ、父新左衛門と手裏剣の師澤井権太夫、それに兄新二郎に宛てた文を兵助に託し、八幡御旅所に出向いたのである。

連中がどうして新三郎の腕を知ったか、澤井道場に三浦山内両家ゆかりの者が出入りしていたとしたらと、それとなしに師の権太夫に尋ねてみたが、いないようだった。その時は、まさかに稲垣安芸守家中《かちゅう》に不心得者がいようとは思ってもいなかったのである。

原島の屋敷を訪ねた客人は、おそらくあの留守居役だろう。惣右衛門の人柄を見て陰謀を吹き込み、三浦山内双方に不信を抱かせようとしたのだろうが、策に溺れて自滅した。あちこちの大名家から賂取《まいな》っていたにしても、あの男の様子では私することはせず、すべて主家のためにやっていたような気がする。だが、安芸守本人が、どこまで関与していたか。どっちにしても、留守居役を切って、生き残るに違いない。

それにしても、安芸守はなぜあの場を通りかかったのか。

——若年寄職がどうなろうと、そんなことはどうでもいい。原島の家に累《るい》が及ばなければ、おれの役目は終わったのさ。

新三郎は、ふうっと深い息をついて、もう一度眠りに引き込まれた。

十四

翌朝、朝飯を振る舞ってもらってから、新三郎は四郎吉を連れて長谷川町に戻った。

佐野源の乾分が几帳面《きちょうめん》に掃除をしていったとみえ、いつもよりよっぽどきれいに片付いている。

　画室に入り、描き掛けの軸物の下絵を改めて眺める。まだ、顔が描かれていない。四郎吉が、怖そうにのぞき込んで、これはなんです、と言う。

「お前さんお気に入りの百物語にないのかね」

「ありませんよ、顔のない女の化け物なんて」

「そうしてみると昨今の流行《はや》りか」

新三郎は、顔のない女の下絵を座敷に持ち出し、仮挟みに挟んで床に掛けた。

肘枕で眺めていると、六兵衛がやってきた。

「お戻りですか」

昨夜の顚末《てんまつ》を知らないから、のんきな顔で入ってきて床の絵を見て、「なんです、これは」と四郎吉とおなじようなことを言う。

「雪女さ」

「へええ、これがねえ」

　感に耐えた声で言って、つくづくと眺める。

「雪女ってのは、顔がないんですかね」

「そんなこともないだろう。平九郎の雪女は、赤くておっそろしい顔をしているじゃねえか」

江戸筆頭の敵役《かたきやく》山中平九郎は、雪女が当たり役の一つで、もうずいぶん大勢を執り殺している。

「そうおっしゃればそうですがね」

平九郎の雪女が軸物になったらどうしようと言いたげな顔つきである。

「ま、これからあとのお楽しみさ」

そう言ったところへ、庭木戸から兵助が駆け込んできた。

「どうした、ばかに早いな。原島には行かなかったのか」

「い、いいえ、行って参りました。それが……」

新三郎は、思わず跳ね起きた。

「兄上になにかあったのか」

「いいえ、大殿さまが突然ご隠居遊ばしたそうで、ご家内大騒ぎで……」

「なに、原島の義父《ちち》上がご隠居だと」

兵助は、懐から文を取り出し、

「新二郎さまが、これを」

急いで封じ目をはがして読み下す。

「なるほどそうだったのか……。それで源助のやつ、髻《もとどり》放したな」

安芸守が、御旅所前を通りかかった謎が解けたのである。

兵助が、申しわけございやせんと叫んで、膝をついた。

「固く口止めされていやしたので……」

うなだれている。

新二郎の文には、詳しく事の次第が書かれていた。

湯島から戻ると、新二郎は意を決して義父惣右衛門に新三郎がおかれてしまった立場を告げた。そこへ佐野源からの使が文を携えてきた。源助の筆で、新三郎が今宵五つ、八幡御旅所に呼び出されている、一命を賭けてのことと思われると書いてあったのだという。

惣右衛門は、直ちに忍びの乗物で安芸守屋敷に出向き、戻ると新二郎を呼んで家督を譲ると伝えた。

「ま、よかったさ。これで兄上もいよいよ千七百石の殿さまだ」

兵助は、うつむいたままである。

「どうでおれは屋敷暮らしが性に合わねえ。おまけに出るに引くにお乗物だ、持て余し者で助かったさ」

笑ってまたひっくり返った。

兵助が出ていったあと、六兵衛がなにか聞きたそうだったが、結句なにも聞かずに帰って行った。

三日ほどして、今戸の逸平が、雪女の始末を伝えにやってきた。

死なせてくれないのならどうでも尼になると泣き続けるのを、おっかさんをだれがみると長兵衛がなだめ、ようよう向島の長谷寺《ちょうこくじ》の下働きに落ち着かせたのだという。長谷寺は尼寺だから、髪は下ろさずとも、半分は尼になったような気分がするにちがいない。長兵衛にしては細やかな思案だと、新三郎はひそかに笑った。向島に長屋を借りてやって、ばあさんもいっしょに住まわせ、例の身請けの相手の忠兵衛という男も、これは長命寺の和尚の口利きで同じ向島の東江寺の飯炊きに決まって、田畑は弟にすべて譲るということで、いったん里に帰ったそうだ。身請けの金は、その田畑を半分、売り飛ばして作ったのだそうである。

二人ともに寺に奉公する巡り合わせになったのだから、なんの罪科《つみとが》もない人間を殺してしまった償いになるだろうと、長兵衛は言っているという。

これですべて落着だと、新三郎は逸平を帰した。

いかに姉の敵討《かたきう》ちとはいえ、女が夜中一人で出歩くのは、よっぽどの覚悟がいるから、忠兵衛という男がついて歩いていたと新三郎は思っている。牛の御前宮で新三郎が投げた筆が当たったのは、忠兵衛だったに違いない。なんの罪科もない人間を殺したというが、おそらく女を手籠めにしようとした男がいて、止めようとした忠兵衛が誤って死なせたのがはじまりではないか。忠兵衛は草相撲の前頭を張ったと綾乃が言っていたから、それほど力を入れたつもりがなくとも、息が絶えてしまうこともあるだろう。そのあとの二人も、雪女に手出しをしようとして、忠兵衛に殺されたのかもしれない。

朝からどんよりとした空模様だったが、逸平が帰ると、はらはらと音がしてきた。隣家の姑が、やっと埃しずめが落ちてきたねえと言っている。

新三郎が、雪女の涙雨か、とつぶやくと、小僧の四郎吉が、雨が降ったら、雪なんか溶けちまうじゃないですか、と言っている。ようやくにこの長谷川町の町屋に、常の暮らしが戻ってきたようだ。

新三郎は、画室に入って、あれきり放っておいた雪女の軸を取り出した。

——小春日には溶けなかった雪女も、涙雨には溶けちまうだろうさ。

筆を取って、顔を描き始めた。

年の瀬も迫ったころ、稲垣安芸守の懐刀《ふところがたな》といわれた留守居役が乱心して、自刃したという噂が流れた。

年が明けて節分を迎えた早々に、安芸守が家中《かちゅう》不取締りのかどで若年寄役を免じられ、その三日後、三浦壱岐守が詰衆から若年寄に取り立てられた。ところが、なんの不都合があったか、わずか三ヶ月で、五月二日には奏者番《そうじゃばん》に差し戻されている。翌三日、山内大膳亮が新たに若年寄に任命されたが、あろうことか上様のご勘気に触れ、たったの七日で罷免された。その後、御連枝《ごれんし》の松平安房守《あわ》が任じられたが、一年余で病《やまい》を得て没したので、世の人々は、早く死にたくば若年寄になれと言いはやしたという。

さすが切れ者の秋元但馬、老中も自分も、なんの責めも負わずにすむ決着をつけたと、新三郎はひそかに感じ入った。これで秋元但馬守を越える老中候補は、いなくなっただろう。

——それにしても、武家がお役を得たいってだけのことで、何人要らねえ人死《ひとじ》に出したかわからねえ。

自らの命を守るためとはいいながら、その一端を担ってしまったことは、永く新三郎の心から去らなかった。

小春日の雪女が、骨惜しみせずよく働くと長谷寺の尼たちに可愛がられ、朝夕には尼たちの末座で、一心にお勤めをさせてもらっていると長兵衛が言っていたのが、せめての救いである。原島の兄は無事お目見得もすませ、例の気性で、新御番頭《ごばんがしら》の職に根を詰めていると、藤村の親父どのが笑っていた。

白地の小袖に同じく白の上着、紅色の幅細の帯を前で結んだざばき髪の女の立ち姿の、雪女像と箱書された一軸が、某家に伝わっている。師宣の落款《らっかん》があるが筆致が菱川派とはいささか異なるといわれ、疑問の多い作品だが、この軸が描かれてから、それまで雪鬼ともいわれていた恐ろしい形相の雪女が、怨を含んだ艶やかな女の姿に変わったと伝えられている。

了

あとがき

時代は妖怪、である。

いつだって化け物がいないということはないのだが、それにしても昨今ののさばりようは目に余る。大化け小化け、百鬼が真っ昼間から歩きまわっているのだから、ただごとではない。

昼行している化け物の一番おそろしいところは、すれ違ってもそれが化け物だとわからないことである。妖怪を救世主と思い込んでしまうというのは、歴史上しばしば起こっているようだが、それがほんとうに妖怪だったのかどうかは、かなり長い歳月が経過しないとわからないのがまたおそろしい。化けの皮がはがれる、というけれども、そう簡単にはがすことができないのが、人間の弱さのようである。

十年ほど前は、土地という妖怪に、日本中が呑み込まれてしまっていたが、その化けの皮がはがれると今度は、数字と情報という妖怪に、日本人はあげて踊らされ、どうにも止まらない状態になっている。思えば、太いのと細いのの黒い棒の行列が昼行しだしたのが、妖怪時代到来の前兆だったようだ。

藤村新三郎が、河童や座敷童子などの妖怪に出会ったのは、ちょうどそのころである。小学館文庫で、旗本絵師描留め帳シリーズの書き下ろしを、と言ってもらえたので、ぼつぼつと書いていた化け物篇をまとめてみた。河童も座敷童子も雪女も、いまとなっては人間以上に人懐かしいお化けたちである。新三郎も、ほんとうに怖いのは実は人間だと思っているようで、化け物はさておき、真っ向から人間にぶつかる破目になった。幸い、いつもの連中に助けられ、なんとか切り抜けることができたが、今回はほんとうに危うかった。

新三津五郎・板東八十助丈が解説の筆を執ってくださったのは、望外のことである。第一作の『瑠璃菊の女』が刊行されたときすぐ、八十助丈が、ＴＶで演じたいというご意思を、友人を介して表明してくださった。びっくりしてしまった。実は、新三郎というキャラクターがふっと浮かんで書き始めたとき、なんとなく八十助丈の風貌を思い描いて筆を進めていたのだ。むろんのこと八十助丈にも、ほかのだれにも話したこともなかったから、驚いたのである。

三津五郎襲名という慶事を目前に控え、超多忙な日程の中で、過分な文を綴って下さった八十助丈のご好意に、厚く御礼申し上げる。

いつもながら鮮烈華麗な装幀の筆を執ってくださる蓬田やすひろ氏、売上げという数字の妖怪と悪戦苦闘しつつ、三冊目の刊行に漕ぎつけてくださった編集部の唐沢大和氏、懇切細心の校閲をして下さった長井公彦氏に、心からの謝意を表する。

平成十二年菊月

著者

解説

五代 坂東八十助

『瑠璃菊の女』『寒桜の恋』『蛍火の怪』に続く、旗本絵師藤村新三郎シリーズ、待望の四作目である。クールでダンディなヒーロー「藤村新三郎」は、今回もまた、大いに活躍している。

直参旗本千三百石の御使番を勤める藤村新左衛門の三男坊で、知新流手裏剣の名手にして、師匠菱川師宣をしのぐといわれるほどの絵師といわれながら、小僧と二人で、長谷川町の借家で、浮世絵の版下絵師として気ままに暮らす。そして、何か事件が起こると、仕事をほっぽりだして首を突っ込まずにはいられない。小笠原京氏が作り出した、この「藤村新三郎」というキャラクターに惚れ込んでいる私は、いつか新三郎を演じてみたいと考えている。シリーズを重ねるごとに、新しい魅力が付加され、新三郎というキャラクターに奥行きが出てきているようで、ますます私の役者心がくすぐられているようだ。

私が小笠原氏の作品に惚れ込んでいるもう一つの理由は、時代考証の正確さと、庶民の生活ぶりを、季節の変化を上手に折り混ぜながら、生き生きと描き出す、その多彩な表現力である。歌舞伎役者として、元禄時代の作品を演じる機会も多いので、新三郎が何を着て、何を食べ、どこに行くか……、という彼を通して語られる当時の様子には、大いに関心をもっている。そのあたりを小笠原氏は、例えば、新三郎の伊達男ぶりは彼の着物を通して、というように上手く表現しているのだ。今作品にも「焦れ香というのか、濃い香色の地の袖と裾に、葉を草色や薄紫、梔色、花は蘇芳色で萩を染めた袷……」（「小春日の雪女」）というような、彼の着物から季節が感じられる表現が随所にあり、場面ごとに着物の柄、色などを細かく書き分けられている。舞台で衣装を着慣れていることもあり、その色合いや柄がパッと目に浮かび、想像するだけで楽しくなってしまう。

そして、もう一つ忘れてはならない楽しみが、新三郎の食生活である。行きつけの村松町の馴染みの蕎麦切り屋では、冷や酒と蕎麦味噌、そして最後に蕎麦切りをすり込む。佐野源や今戸の長兵衛の家では、「鶉の煎り焼き、鶉の骨を煎って煮出した汁に種々の茸が入った椀……」「塩を焼きつけた鍋に鯛を入れて、古酒に米の研ぎ汁をひたひたに加え、酒気のなくなるまで煮て鰹出汁を注いだ高麗煮……」「安房からとどいた鯨を、茗荷をたっぷりと入れた澄まし汁仕立てにしたものと胡瓜の三河あえ……」

に剣菱のぬる燗で大いに楽しむ。長屋のおしまばあさんが作ってくれる「豆腐と菜っ葉の味噌汁」の朝飯は、小僧と一緒に文句をいいながらも、ありがたくいただく。このように、江戸時代の庶民の意外な食い道楽ぶりがつぶさに見て取れるのも、小笠原作品の魅力であろう。

さらに注目したいのが、このシリーズでの「時」の表現である。江戸時代は不定時法で、さらに一年間を太陽の位置で二十四に分ける二十四節気を利用していたので、同じ暮れ六つでも、季節によって時間が違っていたのであるが、小笠原氏はこのあたりの季節の変化と時の事情も細かく描写している。「膳を貸す河童」に「雨空でも日の長い時分だから、ばあさんが膳を片付けて帰って行ったあとも、なかなか暮れ切った気分にならない」という一文があるが、これなどは、梅雨から夏にかけての季節を表す上手い表現といえるだろう。今回の三作品は、それぞれ梅雨、仲秋、晩秋に季節をとっているが、この辺の作者のこだわりを見つけながら読み進めていくのもお勧めである。

さて、今回の作品の読み所である。

「膳を貸す河童」は、矢のお蔵の堀に河童が出て、通りかかりの臆病者の尻小玉を抜くという噂が拡がり、とうとう畳職人が殺されて堀に浮いていたという事件を端緒に、「諸国に椀貸し淵と呼ばれている淵瀬があって、人寄せするのに膳椀が足りずに困っている者があると、河童が淵に浮かべて貸してくれるが、返す期日に遅れたり、数が欠けていたりするとひどい目に遭う」という河童の伝説もからまって事件は思わぬ方向に進んで行く。さて、新三郎が河童をどう退治するか……、お楽しみあれ。

「座敷童子」は、十万石の大名の奥座敷に、十五夜の日をさかいに座敷童子が出没し始め、新三郎にその座敷童子の正体を見届けてほしいという依頼がくる。大名屋敷の奥に招かれ、女性たちの化粧の匂いに辟易しながらも、この騒ぎの背景には、奥の勢力争いがあると確信した新三郎は、表沙汰にしたくない江戸表の奥用人のために一肌脱ぐことに……。

そして、「小春日の雪女」。武士は嫌いだという新三郎が、「おれが好き勝手していられるのも、もとはといえば旗本のせがれだからだ」と、次兄が巻き込まれた若年寄の座をめぐっての譜代と外様大名との争いをいさめるため、旗本の子息らしく命を賭して活躍する。いつもは知新流の仕込み筆で相手をやっつける新三郎が、今回は抜刀し、しかも「根性汚ねえ陪臣に直参の血を流させるなんざ、あんまりご先祖様に申しわけねえ」とまさに手に汗握る真剣勝負。これまで、「なにごとにも迷うということをしない男である。心にひらめくままに動いて、大きな失策もなく今日まで来た」新三郎が、はじめて「死」を意識するほどの危機をどう乗り切るのか。兵助や佐野源の忠義心。逮捕権を持たない新三郎が大名相手にどうやってやりあうのか。

なかでも、「源平以来、万民平安の世を築くため武士が命を賭して五百年、その願いが叶ったいま、侍は要らぬ者に成り果てようとしている。泰平の世とは、戦いを業としてきた武士が生き甲斐を見失う世のことだったのか」という新三郎のやりきれない思いが、私にはたいへん印象深かった。武士を捨て、町絵師として生きる彼だからこそ、武士が己の私利私欲におぼれ始めた「泰平の世、元禄」の現実をことさらに実感した事件だったのではないだろうか。

このほか、「小春日の雪女」では、さまざまな場面を通して「武士と町人の生活の対比」を知ることができる。町駕籠と医者駕籠、一日二食の町人と三食の武士の食生活の違い、部屋住みといわれる旗本の子息の行く末。さらには、太夫、格子女郎、散茶女郎をきちんと書き分けることによって見えてくる吉原の事情など、そこここに、楽しい発見があるはずだ。

『銭形平次』にあこがれた少女時代を送った小笠原氏だけに、その捕物帳的な手法は、今作品でもいかんなく発揮され、最後には、あっという種明かしが用意されている。「岡っ引きという便利な連中」が出てきていないこの元禄時代では、新三郎はまさに、「江戸の名探偵」なのである。

そして、事件解決になくてはならない、六兵衛や源助、長兵衛、兵助、小僧の四郎吉など、新三郎を囲む愛すべきサブキャラクターたち。彼らは最近、次第に強烈な個性を持ち始めてきたようだ。もしかしたら、小笠原氏は彼らを主人公にした物語も作るつもりなのか……とも考えてしまうほどである。シャーロック・ホームズの「ワトソン」のように、彼らが独り立ちをする日もそう遠くはないかもしれない。これからは、彼らの動きにも注目していきたい。そして、もちろん、ますます新三郎の物好き心が盛んになることを期待している。

（歌舞伎俳優）

SHOGAKUKAN BUNKO

最新刊

直撃取材！蛇頭「密航者飼育」アジト
望月　健とジン・ネット取材班
急増する密入国者と凶悪化する犯罪。これらを仕切る「蛇頭」の密航、窃盗、密輸等の全容を解明する！

許永中「追跡15年」全データ
伊藤博敏
政財官界を激震させた「闇の帝王」許永中の実像を本人への直接取材を含めて明かしたドキュメント。

ドキュメント「原潜爆沈」「クルスク」の10日間
西村拓也
緊急書き下ろし！「全員死亡」ロシア原潜沈没の謎と、米ロ国防筋中枢を取材して得た情報戦争の真実を追う。

首相官邸
渡辺乾介
官房長官が密かに進める「官邸改造計画」とは……。政治記者が描く、永田町を騒然とさせた話題作！解説・猪瀬直樹

絶景、パリ万国博覧会 サン・シモンの鉄の夢
鹿島　茂
グルメ、ブランド……。現代消費文化の全ては、「万博」に始まった！19世紀パリ「物神」の夢とは？

世界遺産［太鼓判］55
世界遺産を旅する会
630の世界遺産の中からとっておきの55ヵ所を選んで、160点のオールカラー写真で紹介する第3弾。

痴漢「冤罪裁判」男にバンザイ通勤させる気か！
池上正樹
急増する「痴漢誤認逮捕事件」。無実の「被害者」たちの会社は？家族は？彼らの苦悩と闘いの日々。

SHOGAKUKAN BUNKO

最新刊

御用侠
山田風太郎
父の敵討ちに上州を出奔した屁のカッパは同心に見込まれて岡っ引になる。幕府の腐敗に挑むカッパの運命は!?

平家物語 第二巻
森村誠一
「平家にあらずんば人にあらず」権勢をふるう清盛の足下に謀反の炎が燃え上がり、清盛の死に遂に源氏起つ。

滅びの将 信長シリーズ1
羽山信樹
織田信長に敗れた五人の戦国武将――別所長治、荒木村重、吉川経家、松永久秀、清水宗治の数奇な運命と死。

小春日の雪女
小笠原 京
手裏剣の名人・旗本絵師新三郎が、雪女の出没に隠された、若年寄職をめぐる権力争いを暴く!

番町牢屋敷
南原幹雄
賄賂漬けの幕臣、抜け荷をする大名、堕落僧侶等、法の網をくぐる悪党どもを江戸の私設警察―根岸組が斬る!!

吉良の言い分(上)(下) 真説・忠臣蔵
岳 真也
忠臣蔵の悪役・吉良上野介は名君であった。妻・富子とのなれそめを初めとし、刃傷事件の意外な真相に迫る!

三六五日お祭り歳時記
日本祭礼研究班
北の果てから南の島まで、毎日、日本のどこかで行われている祭礼をコンパクトに収めたガイドブック。

SHOGAKUKAN BUNKO
好評既刊
井沢元彦の本

逆説の日本史1 古代黎明編 封印された「倭」の謎
「卑弥呼は天照大神だった!」常識を覆す圧倒的人気の井沢日本史で、知的興奮の連続また連続。

逆説の日本史2 古代怨霊編 聖徳太子の称号の謎
なぜ聖徳太子に「徳」の称号がついているのか。日本人の怨霊信仰のメカニズムを白日のもとにさらす、シリーズ第2作

逆説の日本史3 古代言霊《コトダマ》編 平安建都と万葉集の謎
コトダマを歪めた日本史の〝真実〟―なぜ、桓武天皇は軍を廃し、平安遷都を行ったのか?大胆な歴史推理シリーズ第3弾!

逆説の日本史4 中世鳴動編 ケガレ思想と差別の謎
なぜ「部落差別」が生まれたのか、なぜ日本人は軍隊を忌み嫌うのか。差別意識を生むケガレ忌避思想を解明する中世鳴動編。

逆説の日本史5 中世動乱編 源氏勝利の奇蹟の謎
「鎌倉幕府成立への道程は実は〝源源合戦〟だった」「戦略が理解できなかった戦術の天才・義経」を解き明かす。

天皇になろうとした将軍
将軍・足利義満の陰謀とは?日本史上かつてない戦乱の時代は、現代の写し絵ではないか!企業内下克上時代のビジネスマン必読の戦略書。

「言霊《コトダマ》の国」解体新書
我々の住む国はなぜ「世界の非常識国家」になったのか?ニッポンを支配する「コトダマ」の謎に挑む大胆「日本人論」。

SHOGAKUKAN BUNKO
好評既刊
落合信彦の本

北朝鮮の正体
飢餓にあえぐ人民、頻発するニセ札、日本人拉致問題…崩壊への道が辿る「これが北朝鮮の実像だ」。

長編小説　金正日《キムジョンイル》暗殺指令
「民族統一のために金正日を暗殺せよ！」北朝鮮をめぐる中・韓・米の陰謀を描く、臨場感溢れる長編小説。

もっともっとアメリカ
ジーンズ、ロック、ハリウッド…アメリカに憧れるすべての日本人へ。これが魅力的で開放的でダイナミックな国の素顔だ。

日本の正体
「若者よ、こんな日本なんか叩き壊したくないか！」「自殺外交」「官主主義」日本が抱える病根を徹底摘出。

ロシアの正体
赤いマフィア、黒海艦隊、成金起業家たちを連続直撃。病める大国の病巣を抉る。これが崩壊した「マフィア国家」の真実だ。

極言
「偉大なる言葉」は成功への武器。生きる財産。ユダヤの格言からいまなお不滅の言葉まで「世界の名言集」。

命の使い方
人生というゲームほどエキサイティングなものはない。これが、女、カネ、友情、仕事「人生の極意95カ条」だ！

恥と無駄の超大国・日本
日本をダメにした「戦犯」は誰だ！政治・教育から文化・マスメディアまで、この国の制度疲労はここまできた。